크리스마스에 온 선물

크리스마스에 온 선물

1판 1쇄 2024년 11월 11일

지은이 김영주 **그린이** 최은석

펴낸이 모계영 **펴낸곳** 가치창조
출판등록 제406-2012-000041호
주소 경기도 고양시 일산동구 중앙로 1347 쌍용플래티넘 228호
전화 070-7733-3227 **팩스** 031-916-2375
이메일 shwimbook@hanmail.net
ISBN 978-89-6301-397-8 73810

단비어린이는 가치창조 출판그룹의 어린이책 전문 브랜드입니다.

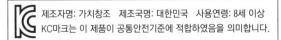

제조자명: 가치창조 제조국명: 대한민국 사용연령: 8세 이상
KC마크는 이 제품이 공통안전기준에 적합하였음을 의미합니다.

크리스마스에 온 선물

김영주 글 ㅣ 최은석 그림

단비어린이

작가의 말

   눈이 유난히 많이 오는 날이었다. 마침 분리수거를 하러 나간 터였다. 의류 수거함 위, 눈에 쌓인 뭔가가 눈에 들어왔다. 가까이 다가가 눈을 덮고 있는 것을 손으로 털어 냈다. 눈 속에서 모습을 드러낸 것은 바로 산타클로스 인형이었다. 벨트나 단추가 오래돼 보이지 않았다. 그 인형을 보는 내내 안타까웠다. 그리고 어린 시절, 간절했던 마음이 스멀스멀 올라왔다. 산타클로스를 기다리며 크리스마스카드를 그리던 날, 집에서 제일 큰 양말을 걸어놓고 자던 그때가 다가왔다. 솔직히 산타클로스를 만나지 못한 나지만 아직도 희망은 사라지지 않고 있다.

아이를 둔 엄마가 되고서 가장 중요하게 준비했던 일이 크리스마스이브였다. 크리스마스 날에 깨어나 기뻐하는 아이를 보며 더불어 기뻐했던 나였다. 꿈을 꿀 수 있는 아이가 지극히 사랑스러웠던 그때가 어제 같다.

둘째 아들은 지금도 가끔 "산타클로스는 없다"라던 친구들이 정말 싫었다는 말을 한다. 매해 오는 산타클로스를 오래오래 기다리고 싶었단다. 이제는 나이 서른이 된 아들이지만 아직도 그 기다림은 살아 있다.

'산타클로스 이즈 커밍 투 타운(Santa Claus Is Coming to Town)' 이라는 노래가 있는데, 가사 때문에 나쁜 노래가 된 적이 있었다. 산타클로스가 우는 아이를 차별한다는 내용이 가사에 있다는 것이다. 나는 그때 별것 가지고 다 시시비비를 가른다고 생각했다. 세상에 모든 아이들이 울지 않고, 밝게 웃으며 지내길 희망하는 말로 받아들일 수도 있기 때문이다. 하지만 이 노래는 여전히 여러 사람들에게 회자되고 있다.

동화 속에 나오는 지율이처럼 희망을 굳게 믿는다면 그 누구도 희망을 파괴할 순 없다. 산타클로스가 오늘 밤에 올 거라고 하며 아이를 다독다독 재우는 엄마, 아빠도 산타클로스를 함께 기다리는 것이다. 그렇게 말하자면 곳곳에 산타클로스는 존재한다. 꼭

흰 수염에 버클 있는 빨간 털옷을 입은 사람만이 산타클로스가 아니다. 누구도 이런 꿈을 파괴해서는 안 된다.

눈이 소복이 내린 날이면 어른들이 눈오리를 찍어 내는 모습을 보게 된다. 살아있는 동심이다. 그들은 정성스레 찍어 낸 오리들이 녹지 않길 바랄 것이다. 눈이 많이 내린 덕분에 커다란 눈사람을 만날 때 기쁘다. 하지만 얼마 안 가 누군가 부숴 놓은 걸 보면 안타깝다. 누군지 모르지만 그에겐 꿈이 없을지 모른다는 생각에 실망스러웠다.

이 동화를 읽는 어린이들이 산타클로스를 꿈꾸고, 미래를 희망하길 바란다. 누군가 거짓부렁 얘기라고 헛웃음을 웃을지언정 간절한 기다림을 지닌 이들에게는 상처가 안 났으면 좋겠다. 나의 글을 택해 준 단비어린이 출판사에게 감사한다. '아직도'가 아닌 '변함없이' 꿈꾸는 많은 사람들에게 이 책이 희망의 메시지가 되길 바란다.

차례

아빠와 아들

저녁 즈음 왠지 반갑지 않은 전화벨 소리가 울렸다. 전화할 사람은 아빠밖에 없었다. '지율아, 아빠 집에 거의 다 와 간다.'라는 반가운 전화는 아닐 것 같았다.

'왜 슬픈 예감은 틀린 적이 없나!'라는 노랫말이 벨소리 따라 떠올랐다. 전화를 받자, 아빠는 다짜고짜 화난 듯 물었다.

"너, 지금 어디?"

지율인 말문이 막혔다. 그 대신 속으로만 대꾸했다.

'그건 내가 할 말인데, 왜 오지는 않고 전화를 해? '햄버케요' 세트 메뉴 사 준다며, 난 아까부터 기다리고 있다고!'

오늘 아빠가 나가기 전에 뜻밖의 약속을 했다. 얼마 전 시내에 새로 생긴 '햄버케요'에 가서 세트 메뉴를 먹자고 했다. 귀가 솔깃했다. TV 광고에 나오는 몇 겹의 바비큐 치킨을 감싼 햄버거를 보면 군침이 돌았었다. 거대한 메뉴판을 바라보며 뭐 먹을까 고르는 상상을 하루 내내 했다.

아빠는 그런 지율이의 마음을 눈곱만큼도 알지 못하는 걸까? 전화해서 이름조차 부르지 않은 것만 봐도 그렇다. 아빠는 쫓기듯 말했다. 그렇다면 오늘 햄버거 신메뉴는 신나게 날아간 건가! 잠시나마 잔뜩 부풀었던 거품이 사그라졌다.

아빠의 짧고 투박한 말투는 익숙하다. 번번이 청소기로 지율이 할 말들을 빨아들인 듯 말문을 막아 버렸다. 그렇게 점점 말이 줄어 조용한 아이가 되어 갔다. 대꾸 없이 가만히 있던 지율이가 무뚝뚝하게 대답했다.

"집! 왜……?"

지율의 말투가 아빠랑 많이 닮았다. 이번에는 아빠가 말문이 막혔나 보다. 잠깐인데 길게 느

껴지는 침묵이 또 흘렀다. 이미 마음이 상해 버린 지율인 생각
했다. '아빠 오늘 늦어. 저녁 먼저 먹어!'라고 말할 차례일 거
라고. '미안해'라고 말하지 않고, 전화를 걸자마자 퉁명스럽게
말하는 아빠가 서운하고 또 서운했다. 점점
컴컴해지는 바깥처럼 지율이의 마음도
어두워졌다.

　누가 보는 것도 아닌데, 지율인 눈을
크게 부릅떴다. 눈을 깜박이면 금방이라도
눈물이 흐를 것만 같았기 때문이다. 무슨
말을 하려는지 이미 짐작했고, 그래서
들어 봐야 변할 건 없어 보였다. 방금
전까지만 해도 바쁘니까 빨리 말하라
는 말투더니, 아직도 아빠는 아무 말이
없다. 핸드폰을 귀에 댄 채 지율이도
가만히 있었다. 지율인 오히려 기죽어
움찔해졌다. 전화 너머로 숨소리인지,
한숨 소리인지 들려오다 아빠가 말했다.

"일찍 가려고 했거든. 근데……, 갑자기 일이 생겼어. 내일 이른 새벽쯤 갈 것 같은데, 먼저 자."

막상 절망적인 말을 듣고 나니, 지율인 참았던 눈물이 왈칵 쏟아지려 했다. 그러면 그럴수록 눈을 더 크게 떴다. 마음속으로만 소리쳤을 뿐이었다.

'먼저 자라니? 자라니? 나랑 약속한 건 잊은 거야? 미안하다는 말도 안 하고…….'

약속했던 '햄버케요'에 간다는 말은 끝끝내 꺼내지 않았다. 아빠는 약속한 것조차 잊은 게 분명하다고 지율인 생각했다. '흥, 이런 일이 처음이야? 분명히 잊은 것조차 모르는 거야. 그럴 거면 해 준다는 말이나 말지.'라고 몇 번을 곱씹었다. 지율인 먹고 싶은 햄버거 매장에 아빠와 간다는 게 중요했다. 그래서 만 배, 억만 배 서러웠다.

'햄버케요' TV 광고에서 환하게 웃으며 어서 오라 손짓하는 산타클로스를 매장에서 실제로 꼭 보고 싶었다. 누군가 유치하다고 해도 하는 수 없다고 생각했다. 지율이에겐 정말 간절하고 특별한 시그니처였다. 가장 산타클로스다운 산타클로스가 맞이해 주는 햄버거 매장이었다. 그랬는데, 그랬는데…….

"얼른 밥 먹어. 될 수 있는 대로 빨리 갈 거니까. 근데 좀 늦을 거야. 아빠는……. 알…… 았지? 지율아, 지율아!"

지율인 대답 대신 속으로 웅얼거렸다.

'어제도, 그제도, 그그저께도 혼자 먹었는데 뭐? 뭐? 맨날 나 혼자였는데…….'

약속을 지키지 못한 탓에 미안해서 말까지 더듬는 아빠의 마음을 모르는 지율인 서럽기만 했다.

번번이 어긋나는 약속임에도 매번 기대했다. 그때마다 기대를 싹둑 잘라 낸 건 아빠였다. 어쩌면 매번 아빠는 이러는 걸까 생각하니 화가 치밀었다. 약속을 많이 한 것도 아니다. 그럴 때마다 '아빠가 약속 못 지켜 미안하다. 지율아!'라는 말이라도 해 주면 위로가 될 걸……. 언제나 알맹이는 쏙 빼고 말하는 아빠가 미웠다. 지율인 마치 눈 내리는 벌판에 내 버려져 혼자 떨고 있는 것 같았다.

이미 저 너머 아빠 전화는 끊어진 후였다. 지율인 조용해진 전화기를 귀에서 선뜻 떼지 못했다. '1, 2, 3….'이라고 천천히

수를 셌다. 숨조차 멈췄다가 잠시 후 긴 한숨을 "휴!" 하고 몰
아 내뱉었다.

지율인 또 컵라면으로 저녁을 해결해야 할 것 같았다. 그때
였다.

"지~~율아! 짜 짠! 우리 왕자님 식사하셔야죠?"

엄마가 환하게 웃고 있었고, 식탁에는 노란 계란 부침으로
감싼 오므라이스가 놓여 있었다. 그 위에는 케첩이 하트 모양
으로 그려져 있었다. 지율이가 환하게 웃으며 다가가려는 순
간, 알라딘 램프 속 지니처럼 사라졌다. 식탁은 텅 비어 있었

다. 환하게 웃고 있던 엄마도 사라지고 없었다. 지율인 입술을 앙다물었다.

아빠가 지금 어느 상황에 있는지 알 수 없는 지율인 섭섭한 마음만 가득 부풀어 올랐다. 자꾸 뒷걸음치는 만큼 아빠와도 멀어지는 것 같아 외로웠다. 지율이에게 약속은 하찮은 것이 아니었는데……. 약속을 안 지켰다고, 세트 메뉴를 못 먹어서 속상하다고 화낼 수 없는 아빠라는 게 답답했다.

지율인 싱크대 위, 줄지어 놓인 컵라면 중 하나를 집었다. 혼자 묻고 대답했다.

"오늘 매운맛으로 먹을래?"

"아니, 매운맛은 안 당겨. 순한 맛으로 부탁해. 계란도 하나 넣어서."

'오케이, 잠깐만 기다려. 면은 꼬들꼬들하게!'

다시 눈앞에 긴 나무젓가락을 들고 윙크하는 한 사람이 있었다.

"엄……마!"

짧은 외마디에 그 사람은 또 연기처럼 또 사라져 버렸다. 순간 나타났다 사라지긴 하지만 지율이에게는 엄마가 자주 찾아오곤 한다. 엄마는 원래 조금 수다쟁이었다. 수다쟁이 엄마가 떠난 집안이 조용한 건 당연한 걸까!

지율인 잘 울지 않았다. 울어도 달래 줄 사람은 없으니까 그리 되었을까? 눈물을 억지로 참았던 건 아니었는데, 언제부턴가 눈물 대신 콧물이 났다. 콧물이 난다는 건 지율이에게 정말 슬픈 일이란 증거이다. 하지만 오늘은 콧물을 훌쩍거렸다가는 진짜 엉엉 울어 버릴 것만 같았다. TV에서 캐럴이 흘러나왔다.

'울면 안 돼, 울면 안 돼! 산타 할아버지는 우는 애들에겐 선물을 안 주신대. 치잇, 진짜 저렇게 거지 같은 노래는 누가 만든 거야?'

어쩌면 지율이가 울지 않는 이유는 이 캐럴 때문일지 모른다. 한편으로 노래를 비웃으면서도 마음 한구석에서는 믿고 싶은 것이다. 노랫말은 지율이의 머릿속에서 떠나지 않았다. 더 자꾸 빙글빙글 돌아다녔다. 딴생각을 떠올리려 해도 어느새 다시 쫓아와 따라붙었다. '안 울어도 오지 않던 걸, 뭐……'

라고 하다가 반대로 안 우니까 와야 하는 거 아니냐고 사정하고 아우성치고 싶었다.

지율인 지금까지 이 노래를 믿고 싶었다. 아니 간절하게 믿었기 때문에 울지 않았다. 울지 않았는데 말없이 떠난 엄마가 다시 돌아올 수만 있다면……. 그래도 지율인 자꾸 '울지 마, 울면 안 돼. 알았지?' 하며 자기 스스로 다짐했는지 모른다.

전에 엄마는 일찍 자고, 일찍 일어나야 착한 어린이라고 지율이에게 말하곤 했다. '쌕쌕' 잠든 지율이 모습을 사랑스럽게 엄마는 한참 동안 바라보다 방문을 닫았다. 지율인 늘 포근한 엄마 품에서 잠든 아이였었다.

아빠가 늦는 오늘 같은 날이면 엄마가 더 보고 싶었다. 그깟 세트 메뉴 햄버거 못 먹었다고 서운할 거 없다보다는 아빠가 사 줬다면 위로가 되었을 것이다. 학교 갈 때나 돌아올 때 손 흔들고 반겨 주던 엄마가 없다는 사실이 오늘 따라 가슴에 큰 구멍을 낸 것만 같았다.

기다림

교실 문을 열자, 기름 속에서 바로 나온 듯한 정수가 눈에 들어왔다. 머리카락 한 올 흘러내리지 않게 빗어 넘겨 반지르르 했다. 정수는 작년 늦가을에 이곳 덕천마을로 이사 왔다. 이사 오기 전, 오랫동안 집을 지었다. 이 마을에는 올망졸망한 작은 집들이 모여 살았다. 그나마 석훈이네가 마을에서 제일 큰 집이었다. 그리고 지율이가 사는 아파트 네 개 동이 높이 우뚝 서 있다.

편백나무 숲이 병풍처럼 둘러진 곳에 지어진 정수네 집은 궁궐 못지않게 으리으리했다. 정수네 집으로 마을 모습만 변

한 게 아니다. 정수가 있는 교실도 다른 곳과 달랐다. 아토피가 있는 정수 때문에 정수 엄마는 공기청정기를 들여놨다. 그리고 편백나무 향이 수시로 뿌려지는 기구도 교실 양 벽에 매달려 있다. 담임선생님은 아토피가 있기 때문이란 점은 이해하지만, 탐탁지 않았다. 하지만 정수 엄마는 막무가내로 밀어붙였다.

정수는 학교에 오면 반드시 책상과 의자를 소독하고 앉는다. 테이프 크리너를 굴려 수시로 먼지를 제거했다. 지금도 무릎 위를 롤러로 밀며 말은 쉬지 않았다. 아침부터 뭔가로 열을 내고 있었다.

정수와 지율인 같은 반이긴 한데, 한 번도 말한 적은 없었다. 서로 맞는 점이 하나도 없다. 정수는 지율이가 같은 반이라는 것을 알고나 있을까? 지율인 언제나 조용한 아이였으니까. 늘 지율인 멀찌감치 떨어져 정수의 말을 듣기만 했다. 정수 말에 끼어들 틈이 없었을 뿐더러, 그저 처분만을 바랐다.

"이번 크리스마스 선물은 최신 스마트 워치로 정했어, 난!"

기다렸다는 듯 곁에서 석훈이가 장단 맞춰 물었다.

"오 마이 갓! 누구, 설마 산타클로스한테?"

말마다 '오 마이 갓!' 하고 외치는 것은 석훈이의 말버릇이다. 늘 들어서 모두들 그러려니 했다. 정수는 석훈이가 같잖다는 듯 비웃으며 말했다.

"무슨……? 유치하게, 우리가 지금 3학년이니? 4학년이니? 5학년이 되어 그걸 아직까지 믿고 있다면 누가 믿을까? 오글거리지도 않냐? 헐~~~! 산타클로스라니? 산타클로스가 누구? 큭큭큭!"

지율인 정수의 말이 가시처럼 콕콕 박혔다. 5학년이 아니라 중학생이 돼도 산타클로스를 기다리고픈 지율이의 간절한 마음을 누가 알까?

정수는 뭐가 좋은지 키득거렸다. 석훈인 갑자기 표정이 굳은 채 말이 없었다. 정수는 가지런한 머리를 쓰다듬으며 거만하게 이죽거렸다.

"목소리만 크게 좀 내면 돼, 기도하는 척 말이야. 헤헤헤! 며

칠 전부터 말했으니까 엄마랑 아빠가 들었을 테지."

석훈인 정수에게 은근히 밀리는 기분이 들었다. 하지만 석훈인 여유 있게 빙그레 미소까지 지었다. 일부러 느릿느릿 정수의 말을 받았다.

"오~ 마이~ 갓! 산타클로스가 없다면서 무슨 크리스마스 선물을 바라냐? 그리고 아직 크리스마스는 앞으로 2주나 남았다, 뭐! 벌써부터 김칫국을 마시냐? 아니, 너 혹시 생일이 12월이니? 큭큭!"

"내 생일은 이미 지났거든! 너 기억 안 나? 내 생일 파티에도 오고선……, 정신 차려! 내가 전학 와서 특별히 초대해 줬더니 뭐라는 거니? 너! 다음 생일 때 너를 초대할지 생각 좀 해야겠다. 아이 참, 나는 산타클로스 같은 건 안 믿는다고 말하잖아! 그런 게 왜 필요해? 산타클로스 아니어도 사 달라는 거 다 해 줘. 그러니까 나는 사실 크리스마스도 굳이 필요 없어. 산타클로스와 크리스마스는 별개인 거 모르냐?"

"치잇, 오 마이……. 웬~~~열? 산타클로스는 없고, 크리스마스도 필요 없다고? 이거 팩트 폭격 아닌가요? 오 마이 갓!"

두 사람의 말을 잠자코 듣고 있던 민호가 끼어들며 말했다.

"나는 12월이 얼마나 기다려지는데, 얘네 뭐래? 나는 요즘 산타 선물 받을 생각에 설레는데……. 산타클로스 안 기다린다면 선물 받을 기회가 줄잖아."

"히히히, 기다리지 않아도 선물이 자동적으로 온다잖아. 몇 번을 말해야 알아? 민호, 얘는 엄마 젖 좀 더 먹어야겠다."

정수는 석훈이와 민호를 한심하다는 듯 번갈아 보며 대꾸했다.

"진짜 너도 답답하고 유치하다. 아직도 무슨 산타야? 세상에 그런 것은 없다니까. 어른들이 우리 말 잘 듣게 하려고 꾸민 얘기야. 솔직히 알면서도 모른 척하는 거 아냐? 그렇게 지내는 거 힘들지도 않냐? 그만하면 오래 참은 거야. 너무 유치한 얘기 하다 보니 아토피 돋으려 한다."

"오 마이 갓! 태어나기 전부터 알았다는 것처럼 말하다니. 뻥치시네."

작정한 듯 석훈이가 한마디를 쉬지 않았다. 아무래도 오늘은 정수가 석훈이에게 역전패를 당할 것 같았다. 지율인 반 애들이 하는 말을 듣고 싶지 않았다. 지율이에게 크리스마스, 아니 산타클로스가 없다면 어쩌라는 것인지. 정수 말대로 '산타클로스는 처음부터 없었던 거야? 안 오는 게 아니고? 그럴 리가!'라고 생각하니 절망스러웠다. 그래도 지율이에게는 작년과 같이 올 12월 25일은 변함없이 절실했다.

'누가 뭐래도 산타클로스는 꼭 올 거야. 정말 있는 거 맞지? 조금 늦게 올 수 있어. 나는 울지도 않아. 아빠에게 뭐 사 달라고도 안 하고. 내가 기도하고 기다리는 선물이 있거든.' 지율인 마음 한구석에 소원을 들어줄 산타클로스를 고이고이 담아 두고 지냈다. 잊고 싶은 만큼이나 기억했다.

 정수는 누가 봐도 모든 걸 가진 아이이다. 어느 것도 부족해 보이지 않았다. 언제나 머리부터 발끝까지 비싼 옷과 신발이 번쩍였다. 같은 옷을 여러 번 입은 적도 거의 없었다. 거기다 자기가 싫증난 물건을 학교로 자주 가져와서 거들먹거렸다.

 "너, 이거 줄까? 아이스라임! 이거 주면 넌 내게 뭐해 줄래?"

 늘 조건이 붙었다. 그냥 주는 건 절대 없었다. 조건을 걸어도 말이 잘 먹힐 것 같은 아이들은 의외로 많았다. 그애들은 반드시 붙는 대가나 조건을 기꺼이 받아들였다. 아이들은 뻔히 알면서도 매번 눈이 휘둥그레졌다. 바로 정수 손으로 시선이 집중되었다.

 "뭔데? 뭔데, 뭔데?"

 그중에는 뭔지도 모르고, 무조건 덤벼들고 보는 아이들까지 있었다. 그런 아이들이 늘어날수록 정수의 콧대는 높아져만 갔다. 뭔지 보려고 지율인 단 한 번도 돌아보지 않았다. 보고 싶

은 마음이 없었던 것은 아니다. 내 것이 아니니까 보지 않으려는 거다. 교실이 정수로 인해 떠들썩해지면 그냥 밖으로 나가버릴 때가 많았다. 자기와는 다른 세상 아이들이라 생각했다.

"나, 나! 그거 나 줘!"

정수는 그런 아이들을 볼 때마다 아주 만족스러워했다. 그리고 거만하게 으스댔다. 지율인 그 모습이 왠지 싫은 것보다 불안했다. 거만한 정수가 행여나 자기에게 말을 걸어올까 싶었기 때문이다.

'너, 이거 가질래? 3D 펜!'

만약에 정수가 물어 온다면 뭐라고 해야 할지 떠오르지 않았다. 그래서 지율인 미리 피하려고 했는지 모르겠다.

"이거 너희한테 주면, 너희는 나한테 뭐해 줄 건데?"

그 말에 아이들은 눈동자를 굴리고, 머리를 굴렸다. 눈은 간절했다. 정수가 내놓는 조건은 무엇이든 받아들였다. 앞 다퉈 꿀 떨어지게 바라봤다. 그 표정을 보면 무엇이든 다할 듯했다. 그런 눈빛 때문에 정수는 갈수록 기세가 등등해 갖가지 조건을 내놓았다.

"다음이 무슨 시간이지?"

"몰라서 물어? 글쓰기

선생님 오시는 시간이잖아."

"그래, 맞았어. 나는 글쓰기 하려고만 하면 짜증나거든……. 난 짜증나면 아토피가 올라와."

정수가 말을 채 끝내지도 않았는데 대답이 로켓처럼 튀어나왔다. 그건 모두들 예상한 바이다. 왜냐하면 정수가 가지고 오는 물건이 그냥 흔한 것이 아니기 때문이다. 갖고 싶은 마음이 가득하니까. 짐작이지만 중고라고 해도 꽤 비싼 물건들이었다.

"알았어, 알았어! 내가 써 줄게. 뭐, 대충…… 금방 써 줄게."

"뭐, 대충? 넌 안 되겠다. 넌 탈락! 다른 사람 없니? 내가 쓰는 건데 잘 써야지. 넌 기본이 안 됐어. 그리고 무슨 써 주는 거야? 이게 공짜로 하는 거야?"

그 얘기를 듣고도 '싫으면 관둬라!' 하기는커녕, 아주 비굴하게 몸까지 흔들며 애닯게 말했다.

"아, 아, 알겠어. 잘 쓸게. 아주~~~~ 잘 써 주겠다고."

"믿어도 돼? 그래, 그럼 이거 너 가져. 써 준 거 봐서 뺏을 수도 있어! 그리고 너, 써 준다고 절대 말하지 마.

정수는 아주 치사하게 끝까지 확실히 못 박았다. 마치 홈쇼

핑에서 물건 파는 것처럼 늘 이런 식이다. 돈 대신 물건으로 자기가 할 일을 누군가에게 시키는 데 이용했다.

정수에게 조용한 아이가 눈에 들어올 리 없지만, 지율이도 정수 눈에 들려 하지 않았다. 하지만 지율이 귀만은 그렇지 못했다. 한마디도 새지 않았고, 야속하게 다 들려왔다. 하나도 빠짐없이 들리는 것은 고문과 같았다. 겉과 속이 다른 마음이 아무래도 눈을 뒤통수로 돌아가게 만들었나 보다.

"우아! 멋지다."

"좋겠다. 이거 얼마야?"

"나도 우리 아빠한테 사 달라고 해야지!"

온갖 말들은 지율이 귓전에서 웅성거려 머릿속을 휘저었다. 아빠한테 부탁한다는 아이의 말이 솔깃했지만 그것도 잠시뿐이다. 무뚝뚝한 아빠 얼굴이 떠올랐다. 그저 속으로 말했다.

'뒤돌아볼까? 안 돼, 나와는 상관없는 일이잖아. 그래도 한번 보는 거야 뭐 어떻겠어? 아냐, 보면 뭘 해?'

지율이가 끊임없이 혼자 싸우는 줄은 아무도 모를 것이다. 이럴 때면 스스로 창피했다. 바로 그때였다. 정수가 지율이 어

깨를 치며 말했다.

"야, 너는 뭔데 돌아보지도 않아? 다들 가지고 싶어서 난리구만, 넌 안 가지고 싶단 거야? 이까짓 건 우습다 그거냐?"

생각지도 않은 정수의 시비가 지율인 너무 당혹스러웠다. 올 게 왔다는 생각도 들긴 했다. 언젠가 지율이 책상 위로 앉아서 자기 물건을 자랑한 적이 있었다. 하지만 지율인 아무 말도 못했다. 오늘도 대꾸 못하고, 고개를 숙인 채 있었다. 마음속으로는 할 말이 있었다.

'아니, 나도 궁금해. 그리고 나도 갖고 싶다고! 근데 너는 내게 줄 마음이 없잖아?'

그렇다고 말할 용기도, 배짱도 없었다. 지율이 마음을 짐작도 못하는 정수 눈에는 무심한 모습이 아주 거슬렸던 것이다.

"와~, 열 받네. 진짜 완전 건방진 놈이잖아! 왜 다들 가지고 싶어 난린데, 너는 뭐라고 매번 꿈쩍도 안 하는 거냐고? 너 내가 우스워?"

정수는 억지스러운 말을 쉬지 않고 떠벌렸다. 반응 없는 지율이가 늘 가시 같았는데, 날이라도 잡은 듯 맹공격을 퍼부었다. 목소리 높여 빈정대는 정수에게 지율인 아무런 대꾸도 할 수 없었다. 못 들은 척 나갈 용기는 더더욱 나질 않았다. 아무 말도 못하고 있으려니 지율인 자기 자신이 바보 같았다. 정수가 비웃듯 "쳇!" 소리를 내며 가 버렸다. 아바타처럼 석훈이까지 "오 마이 갓!" 하며 놀렸다. 석훈인 늘 촉새가 따로 없다.

정수는 산타클로스가 없다고 말할 뿐더러, 자기 입맛에 맞추는 아이들만을 택했다. 산타클로스는 진짜로 정수처럼 차별하며 오는 걸까? 반 아이들이 말하는 여러 가지 모습의 산타클로스는 지율이에게 한 번도 찾아오지 않았다.

집에 와서도 정수의 거만한 모습과 말은 좀처럼 머릿속에서 지워지지 않았다. 아무 말도 못하고 있었던 게 자존심 상하지 않았다면 거짓말이다. 이럴 땐 누군가에게 속마음을 털어놓으면 조금은 가벼워질 텐데……. 아빠하고라도 대화를 나눌 수 있으면 좋겠다고 생각했다. 하지만 아빠와 이런 이야기를 나눈다는 것은 상상조차 해 본 적이 없었다. 그래도 매일 마주하는 사람은 아빠밖에 없는데 말이다. 지율인 더 우울해졌다. 베란다 문을 열고 난간에 머리와 팔을 늘어뜨렸다. 그때 문소리가 났고, 집으로 들어오다가 그 모습을 본 아빠의 기겁한 목소리가 들렸다.

"너, 뭐하는 거야?"

아빠는 밖으로 숙인 몸을 일으켜 베란다로 들인 다음 지율이의 어깨를 흔들었다.

"죽으려고 그래? 떨어지면 어쩌려고?"

지율인 딱히 할 말이 없어서 둘러댔다.

"심심해서……."

"심심하면 친구랑 놀든가, 게임을 하든가, TV를 보든가…….
응?"

아빠의 눈에는 어느새 눈물이 그렁그렁했다. 하마터면 말할
뻔했다.

'아빠, 아까 학교에서…….'

목 끝에 걸려 하고 싶은 말이 나오지 않고, 자꾸 입안에서 맴
돌았다. 그리고 지율인 산타클로스가 정말 자기한테는 진짜
안 올 건지 묻고 싶었다.

'엄마, 애들이 못 살게 굴어. 무서운데 아무에게도 도와 달라
고 말할 데가 없어. 나 어떻게 해야지? 그 애들은 악마 같아.
엄마, 돌아와!'

만약에 엄마가 있다면 아빠에게 못하는 얘기를 할 수 있었
을까?

어색한 우리 사이

올해 들어 첫눈이 이른 새벽부터 내리기 시작했다. 아빠는 나가다 말고, 지율이에게 부탁 하나를 했다.

"오늘 분리수거 좀 해 줄래? 아빠가 깡통이랑 플라스틱 다 따로 해 놨으니까. 제자리에만 갖다 넣기만 하면 되는데, 해 줄래?"

"응! 근데, 아빠!"

"왜?"

"……, 병원에 가 봐. 그리고 눈 오니까 운전 조심하고."

아빠는 괜히 머쓱해졌고, 대답은 하는 둥 마는 둥 바라만 보다 나가 버렸다. 지율인 닫힌 문을 우두커니 바라봤다. 어디가 아픈지 밤새 '끙끙' 앓는 아빠가 걱정되었다. 현관에서 신발을 신고도 금방 일어나지 못했다, 미간을 찡그리며 무릎을 주무르는 것 보면 아마도 그곳이 아픈 게 분명했다. 매일 운전한 탓일까? 아빠가 아프면 어쩌나 지율인 겁이 덜컥 났다. 지율이에게는 아빠뿐이다. 가끔 꿈속에서 아빠가 떠나 버리는 꿈을 꿀 때면 깨나서도 울고 있었다.

세수하고, 밥까지 먹었는데도 등교하기에는 시간이 일렀다. 지율인 분리수거할 것을 바라봤다.

'지금 분리수거를 해 버릴까? 눈이 좀 덜 내리니까.' 이렇게 생각하고, 지율인 창밖을 바라봤다. 문득 눈 위를 밟고 싶어졌다. 아빠 걱정으로 우울했지만, 첫눈을 보니 왠지 설레었다. 현관에 분리해 놓은 봉지 두 개를 들고 나갔다. 제법 많이 쌓인 눈 위에 발을 내딛을 때마다 발자국으로 옴폭 패였다. '뽀드득, 뽀드득' 나는 소리까지 좋았다.

그때 지율이 눈에 들어오는 한 가지가 있었다. 옷 수거함 위에 무엇인지 모를 것이 올려 있었다. 눈에 덮여 알 수 없었다.

눈 사이로 빨간색이 유난히 도드라지게 보였다. 지율인 수거함 앞으로 빠르게 걸어갔다. 그러고는 쌓인 눈을 털어 냈다. 모습이 점점 드러났다. 흰 수염에 빨간 옷을 입은 산타 인형이었다. 지율인 두 손으로 산타 인형을 들어 한참 동안 바라봤다. 마치 기다렸다는 듯이 산타 인형이 양손을 벌리며 인사했다.

"하, 하하하하! 메리 크리스마스!"

산타 인형을 순식간에 떨어뜨렸다. 화들짝 놀란 지율인 뒷걸음질을 쳤다. 방금 전 들린 말에 귀를 의심했다. 그 목소리는 어디서 들었던 듯 낯익었다.

'나? 나한테 인사한 거야? 나를 언제 봤다고? 거기다 인형이 사람처럼 말을 하다니……. 내가 잘못 들은 것은 아닐까? 그럴 거야. 아냐, 근데 분명히 들었는걸!'

고개를 여러 번 저어도 믿겨지지 않았다. 그 틈에 생각난 것이 하나 있었다. 산타 인형만으로 가슴이 두근거렸다. 조금 지나니 지율이를 바라보는 산타 인형에 괜히 화가 치밀었다. 다행히 분리수거장에는 아무도 없었다. 지율인 주먹을 쥐고 산타 인형에게 한 방을 날렸다. 힘없이 바닥에 떨어져 꿈쩍도 하지 않았다. 다시 산타 인형을 집어 들었다. 또다시 산타 인형이 지율이에게 말했다.

"하, 하하하하! 메리 크리스마스!"

그때였다. 경비 아저씨가 지율이를 향해 걸어오고 있었다.

"거기서 뭐 하니?"

지율인 경비 아저씨 소리에 들고 있던 인형을 얼른 쓰레기봉투에 던지고 뒤돌아섰다.

"아무 것도 안 해요. 깡통 버리고 있었어요."

"그래? 눈이 제법 내리는구나. 얼른 하고 들어가라."

"……네, 네!"

경비 아저씨는 지율이의 말이 미덥지 않은 눈치였다. 고개를 한 번 갸우뚱하더니 손에 든 빗자루로 쌓여 가는 눈을 쓸어 내며 멀어졌다. 지율인 집을 향해 천천히 걸었다. 걷다 말고 뒤돌아보더니, 경비 아저씨가 보이지 않자, 다시 분리수거장으로 갔다.

지율인 방금 전 인형을 던져 버린 쓰레기봉투 안을 들여다

보았다. 인형이 보이지 않았다. 봉투 안으로 손을 넣어 뒤졌지만 온데간데없이 사라졌다. 주변을 두리번거리다 지율인 멈췄다. 순간 머리카락이 쭈뼛 섰다. 마치 진짜 귀신을 본 것만 같았고, 발이 땅에 붙은 듯 꼼짝할 수 없었다. 버린 산타 인형이 바로 그 자리에 서 있었다. 고개를 돌릴 수 없었다. 거기다 산타 인형은 지율이를 바라보며 웃고 있었다.

"귀, 귀……신……?"

지율인 눈 위로 그만 엉덩방아를 찧고 말았다.

'이건 말도 안 되는 일이야.'

지율이 가슴 속을 방망이로 빠르게 두드리는 것 같았다. 쿵쿵 소리가 들릴 정도였다. 지율인 뒤도 돌아보지 않고 달렸다. 눈에 미끄러져 휘청거렸지만 무조건 집을 향해 달렸다. 허둥지둥 돌아와 지율인 문고리부터 걸어 잠갔다. 한숨 돌린 지율인 현관문 구멍으로 밖을 내다봤다. 목 끝까지 차오른 숨을 몰아쉴 때마다 소리가 들렸다. 섬뜩한 소리가 따라왔다. 그건 다름 아닌 분리수거할 것들이 담긴 비닐봉지였다. 크고 높게 숨을 헐떡거린 탓에 캔이 덜그덕거리는 소리였다. 줄행랑치느라

버리지 못한 깡통과 플라스틱이 담겨 있었다. 다시 갈 자신이
없어, 현관에 내려놓았다.

　그다음 날 아침, 아빠가 분리수거 주머니를 들고 말했다.
　"얼른 밥 먹어. 아빠는 분리수거하고 올 테니까."
　"아, 그게…… 내가 했는데 어, 어……."
　어제 놀랐던 순간이 훅 솟아오르듯 떠올라 잠이 덜 깬 눈이
한번에 떠졌다. 아무 대답 없이 밖으로 나가는 아빠를 바라보
고만 있었다. 잠시 후 아빠가 머리와 어깨에 쌓인 눈을 털며
들어왔다.
　"아직도 눈이 오네. 오늘 물건 실어다 줄 곳이 많은데, 아주
안 좋은 날씨인걸."
　지율인 아빠의 걱정보다, 그곳에 산타 인형이 있는지가 궁금
했다.
　"저기, 아빠……!"
　"음, 왜?"
　"분리수거장에서……, 뭐 못 봤어?"

"뭐? 뭘 봐? 눈이 제법 쌓여 있더라."

"아니, 그거! 말하는 산타 인형 말이야."

"말하는 산타 인형? 인형이 말을 하든? 근데 그걸 왜…… 버, 버……렸대?"

아빠는 멈칫하며 말을 더듬었다. 아빠는 번번이 크리스마스를 그냥 넘긴 것이 몹시 미안했다. 그게 마음에 걸렸다.

"참, 지율아! 머리 좀 감자."

"엊그제 감았는데, 내가."

"아, 그랬구나? 벌써 그리 지났네. 어서 와, 머리 감겨 줄게."

지율인 머리가 가려운 게 아니라 머쓱해 긁적이며 욕실에 들어갔다. 아빠는 지율이의 머리를 감겨 주는 동안 아무 말도 하지 않았다. 샤워기에서 나오는 물이 차가웠다. 딴 애들 같으면 차갑다고 엄살을 부렸을 텐데, 지율인 참았다.

"물이 좀 찬가?"

아빠 혼잣말처럼 들렸기 때문에 대답하기도 애매했다. 아빠가 머리를 감겨 주니 제법 시원했다. 점점 데워지는 물만큼이나 따뜻했다. 젖은 머리를 수건으로 감싸주자, 지율인 욕실을

나왔다. 물기를 대충 닦고, 헤어드라이어로 말렸다. 오늘은 지율이가 먼저 집을 나오게 되었다.

"아빠는 연락이 오면 나가야 하니까 눈길 미끄러지지 않게 조심해서 가."

지율인 아빠를 흘깃 보고는 문을 열었다.

"조심하라고!"

"아, 아…… 알았다고!"

들릴 듯 말 듯 대답을 하고 뒤돌았다. 빙긋이 미소 짓는 아빠를 지율인 보지 못했다.

집을 나온 지율인 아파트 정문 쪽으로 가지 않고 반대편으로 향했다. 바로 분리수거장이다. 얼마만큼 가다 말고 걸음을 멈췄다. 산타 인형은 어제 그 자리에 서 있었다. 그대로 있는 걸 확인하고 나니까 더 앞으로 나갈 수 없어 발길을 돌렸다. 움직이지 않는데도 더는 가까이 갈 수 없었다. 산타 인형이 있어도, 없어도 혼란스러울 것 같았다.

오늘은 아빠가 저녁 6시가 조금 넘으니 돌아왔다. 들어오는 아빠 손에 뭔가 들려 있었다. 정말 뜻밖에 물건이었다. 그것은 다름 아닌 분리수거장에 버려진 산타 인형이었다. 지율인 너무 놀라워 말을 더듬으며 말했다.

"아, 아빠! 그거……."

아빠는 지율이와 달리 빙그레 미소까지 띄우며 말했다.

"오늘 아침에 말한 거, 이게 맞니? 눈을 털어 보니 쓸 만하더라고. 이게 움직이고 말도 한다, 하하하!"

"움직여? 뭐, 뭐라고 말했어?"

"메리……크리스……마스! 아참, 하, 하하하 메리 크리스마스라고 했구나."

"메리 크리스마스? 그리고 뭐라고 했어?"

"하하하! 이거 산타 인형이니까. 어, 유치하니? 괜히 주워 왔나?"

"그 산타 인형 아빠 목소리랑 비슷하던데, 그러고 보니."

아빠는 어색하게 웃었다. 산타 인형을 선반 위에 올려놓았다. 지율인 어떤 게 좋을지 몰랐다. 산타 인형은 맞은 편 벽을 바라보며 서 있었다. 산타 인형 덕분인지 아빠가 참 말을 많이 했다. 그 김에 지율이도 대꾸를 꽤한 것 같았다.

내 편

지율인 반에서 존재감 제로다. 반에는 친구 하나 없다. 다행인 것은 그 이유로 담임선생님만은 세심하게 돌봐 준다. 선생님의 말에 대답이라고는 '예 아니면 아니오'가 거의 전부인 지율이다. 선생님은 그런 지율이의 마음결을 잘 읽어 주었다.

뜻밖의 아이들이 지율이 집에 찾아온 일이 생겼다. 아니 쳐들어왔다는 말이 맞겠다. 정수와 석훈이가 지율이 모르게 뒤쫓아 온 것이다. 비번을 누르고, 자동 키 덮개를 내리려는 순간이었다. 뒤에서 손 하나가 불쑥 뻗어 나오며 문고리를 잡아당겼다.

"야아, 여기가 네 집이냐? 헐, 꼬랐다."

"오 마이 갓! 갓! 갓! 이런 집이 임대 아파트라는 곳이구나?
오 마이 갓!"

지율인 예고도 없이 쳐들어온 침입자들이 당황스러웠다. 정
수와 석훈인 제집인 냥 소파에 털퍼덕 앉았다.

"너희들 나가."

너무 작은 목소리로 말해 지율이 스스로도 들리지 않을 정
도였다. 하지만 그 애들은 짐작으로도 알았던 것 같다. 더 재

밌어진다는 듯 빈정거렸다.

"뭐라고 했냐?"

"나가라고!"

소리는 더 작아져 들리지도 않게 말했다.

"너랑 놀아 주는 친구 하나 없잖아? 우리가 너와 놀아 주러 온 걸 영광인 줄 알아야지?"

정수와 석훈인 처음도 쉬웠고, 두 번째는 물론 그리고 그 후에도 계속 집에 들어오는 걸 서슴치 않았다.

"야, 손님이 왔으면 대접해야지. 이 집 못 쓰겠네. 뭐 먹을 거 없어?"

하는 수 없이 지율이가 컵라면을 내밀었다. 의외로 정수 눈이 반짝였다. 뭔지 알면서 능청을 떨었다.

"그거 어떻게 먹는 거야?"

석훈이 답답하다는 듯 거들먹거렸다.

"아 참. 그걸 몰라? 너 바보냐? 끓는 물 붓고 몇 분만 기다리면 돼. 우리 엄마는 자주 못 먹게 해. 근데 열라 맛있어."

석훈인 순진한 건지, 아님 일부러 그러는지……. 석훈인 때

때로 MSG(조미료)처럼 맛을 돋웠다.

"그래? 썩 내키지는 않지만 좀 먹어 볼까? 물 좀 부어와 봐!"

정수는 물 끓이는 것부터 붓는 것까지 지율이를 시켜 먹었다. 정수는 단숨에 면치기를 해 한입에 해치웠다. 국물만 남겨 놓고 난데없이 "우~웩!" 하며 구역질을 했다.

"야, 진짜 똥 맛이다. 버려!"

석훈인 국물만 남은 컵 안을 들여다보더니 얄밉게 깐죽거렸다.

"오 마이 갓! 다 먹었네, 뭐! 국물까지 마시지, 왜?!"

정수는 석훈이에게 주먹을 들어 올렸다. 먹다 만 컵라면을 치우지도 않고 가 버렸다. 그 후로도 정수와 석훈인 놀이터처럼 집을 한바탕 휘젓고 갔다.

오늘도 쳐들어와 난장판을 만들어 놓으려는 순간이었다. 정수가 산타 인형을 집어 만지작거렸다. 굵은 목소리가 들려왔다.

"흐흠, 아아, 아아아!"

정수는 기겁해 인형을 바닥에 떨어뜨렸다. 한 올도 흘러내지 않았던 정수 이마에 머리카락 한 뭉치가 흘러내렸다. 정수가

기어 들어가는 목소리로 물었다.

"뭐야, 너 혼자 아니었어?"

찰나였지만 지율인 거짓말을 해 버렸다.

"응, 우리 아빠……."

지율이도 놀란 건 마찬가지이다. 이 시간에 도둑이 들지 않

았다면 누가 있을 리 없었다. 바닥에서 인형을 집어 올리자,

"흐흠, 아아, 아아아!" 하고 또 소리가 났다. 정수와 석훈인 쏜살같이 가방을 들고 뛰쳐나가 버렸다. 아이들이 나간 후 산타 인형을 들어 올려 다시 음성을 들었다. 지율인 불안해졌지만 반대로 악당들을 무찔러 준 듯 통쾌한 마음이 들었다. 갑자기 소중한 마음이 생긴 걸까? 전과 다른 마음으로 산타 인형을 주워 선반 위에 올려놓았다.

그다음 날, 학교에 들어설 때였다. 강당 건물 벽에 기대선 정수가 보였다. 석훈이가 지율에게로 다가와 말했다.

"오 마이 갓! 드디어 오셨네. 저쪽으로 오래, 정수가."

정수는 계속 팔과 가슴 쪽을 긁어대고 있었다. 정수와 가까워지자 눈 주위가 벌게 진 것이 눈에 들어왔다. 마치 '판다' 같았다. 하마터면 웃음이 나올 뻔했다. 정수는 다짜고짜 지율이의 목덜미 옷을 잡아챘다. 그 순간 번쩍이는 에나멜 검정 구두가 눈에 들어왔다. 구두 발등에 지율이 모습이 비쳤다. 거북목이 된 자신의 모습이 불쌍해 보였다. 정수는 이를 갈며 말했다.

"너 어제 뭔 짓을 한 거야? 그리고 불량식품 먹고 잠잠하던

내 아토피가 다시……."

정수는 말하다 말고, 목을 긁었다. 지율인 어제 먹고 간 '컵라면'이 뒤늦게 떠올랐다. 생각지도 않게 골탕을 먹인 것 같았다.

"윽, 이거 놔줘. 네가 먹겠다고 했잖아!"

역시나 이 순간에도 석훈인 한 방을 날렸다.

"정수, 너 어제 얼마나 맛있게 먹은 줄 알아?"

"너 조용히 안 해?"

"오 마이 갓! 맞다. 어제 네 아빠가 우리는 못 봤지? 그리고 넌 그만 긁어! 야~, 나까지 가려운 것 같잖아. 오, 오 마이 갓!"

석훈인 몸을 비비꼬면서 호들갑을 떨었다.

"나를 이렇게 엉망으로 만들고 미안한 마음 없니?"

"너희들 지금 뭐 하는 거니?"

다행히 그때 담임선생님이 지나가다 발을 멈췄다. 정수는 마치 손에 묻은 먼지를 터는 것처럼 지율일 급하게 놨다. 그리고 반지르르한 머리를 괜히 쓸어 올렸다.

"정수 그리고 석훈아! 지금 뭐하는 거니?"

정수는 천연덕스럽게 말했다.

"지율이랑 장난하고 있었어요. 그치? 지율아!"

너무도 뻔뻔스럽게 태연히 거짓말을 하는 정수를 지율이가 물끄러미 바라보고 있었다.

"선생님이 네가 하는 거짓말을 믿으라는 거니?"

"지율이한테 물어보세요. 제가 거짓말 하는지 말이에요."

기막힌 거짓말은 줄줄이 연속됐다. 선생님의 화난 얼굴은 아마도 처음으로 보는 것 같았다.

"지율아, 정수와 석훈이의 말이 맞니? 선생님한테 솔직히 말해 줘야 해. 알겠니?"

지율인 아니라고 말할 수 없었다. 더군다나 천사 같은 선생님한테 거짓말은 더더군다나 할 수 없는 일이었다. 지율이 얼굴은 점점 굳어져만 갔다. 선생님은 말 안 해도 짐작된다는 듯 말했다.

"그래, 알았다. 지율인 선생님한테 언제든 말하고 싶을 때 와라. 다들 똑바로 들어. 너희들 중 누구도 괴롭히거나, 괴롭힘 당할 이유는 없다. 알겠니?"

반 아이들 몇 명만 대답했다. 선생님은 웃음기 없는 얼굴로 다시 말했다.

"알겠니? 꼭 기억해라."

"네~~~~~!"

선생님의 경고와 같은 말에도 정수는 정신을 못 차리는 것 같았다. 제자리로 가면서 지율이에게 말했다.

"'입틀막'해라. 안 그러면 죽는다, 알겠냐?"

지율인 머리끝이 곤두서는 것처럼 섬뜩했다. 정말 서글픈 일이다. 정수의 경고가 무서워 사실을 말하러 갈 일이 없다는 거다. 물론 아빠에게도 말하지 못할 것을 안다.

지율인 아침 등교 준비를 하고 난 후, 잠시 골똘히 뭔가를 생각했다. 심호흡을 길게 했다. 뭔지 모를 아주 의미심장한 표정이었다. 그것도 잠시, 가슴을 움츠려 걷는 지율이 모습은 다시 불안해 보였다. 학교에 가면 자기를 기다리고 있을 정수가 떠올랐기 때문이다. 화단 쪽으로 걷는데 베란다에서 아빠가 불렀다.

"지율아, 정지율!"

고개 들어 위를 바라봤다.

"어깨 쭉 펴, 이렇게!"

아빠는 어깨를 펴 보이며 말했다. 그러더니 산타 인형 내밀었다. 한 팔을 들어 올려 흔들어 보였다. 웃을까 말까 하는 아빠와는 달리 산타 인형은 아주 환하게 웃었다. 멍하니 바라보다 마지못해 지율인 고개를 끄덕였다. 잠깐 폈던 어깨가 조금 지나 다시 움츠렸다.

교실에 들어서려는데 정수는 지율일 보자마자 발을 걸어 넘어뜨렸다. 메고 있던 가방이 머리를 넘어 뒤집어 떨어졌다. 역시나 두려워한 일이 아침부터 벌어졌다. 하지만 태연하게 지율인 몸을 일으켰다.

"어, 이 새끼 찍소리도 안 하네? 너 나 무시해? 뭐라고 말을 해!"

대답 없이 지율인 자리로 가려 했다. 정수는 그런 지율이의 멱살을 잡고 흔들었다. 지율인 용기 내 말했다.

"이거 놔줘. 내가 뭐라고 그랬다고 그래? 심심하면 네 엄마한테 게임기나 사 달라고 해."

생각지도 않은 말을 들어서인지 멈칫하다 끝끝내 힘줘 밀쳐 냈다. 지율인 벽에 부딪치고 나가 떨어졌지만 일어나 제자리로 갔다. 학교 수업이 끝나고 나자, 정수와 석훈이가 쳐들어왔다.

"오늘은 너만 있어? 석훈이 너 먼저 들어가 살펴봐."

현관에 신발 없는 것부터 확인하고, 방마다 문을 열어 보더니 흐뭇하다는 듯 말했다.

"오 마이 갓, 깨끗해. 없어, 없어! 들어와."

정수는 석훈이의 말이 미덥지 않다는 듯, 두리번거렸다.

"야, 물휴지 가져와. 왜 이렇게 더러워? 좀 닦고 앉아야겠어."

"여기, 물! 아니 휴지……, 물휴지. 큭큭큭!"

"왜 이렇게 추워? 보일러 좀 켜봐."

정수가 시시콜콜 트집을 잡았다. 보일러를 켜려고 가는데 정수가 발을 걸어서 지율이는 넘어지면서 벽에 머리를 박았다. 정수는 좋다고 깔깔거렸다. 그 바람에 산타 인형이 떨어졌다. 지율이가 얼른 산타 인형을 주워 들었다. 그때였다.

"우리 지율이한테 다 까불지 마! 그러면 내가 가만히 안 둘 테다."

지율이, 정수와 석훈이 모두 놀라 두 눈이 휘둥그레졌다.

"야, 집에 아무도 없다며? 석훈이 너……."

겁난 정수가 물었다.

"아냐. 분명히 없었어. 야, 가가…… 가자."

이어서 석훈이 허둥지둥 가방을 들고 서둘러 말했다.

"오늘도 학원 빠졌다가는 엄마가 가만두지 않을 테니 가야
겠다."

정수와 석훈인 한 쌍으로 가 버렸다. 지율인 두 사람이 어지

럽혀 놓고 간 거실과 방을 청소했다. 지율인 바닥에 떨어진 산타 인형을 들어 올렸다. 그리고 물끄러미 바라보았다.

"우리 지율이한테 다 까불지 마! 그러면 내가 가만히 안 둘 테다."

처음 들었을 때처럼 다시 화들짝 놀랐다. 이 목소리는 분명 아빠가 맞다. 아빠가 이런 말을 왜 했을까? 혹시 괴롭힘당하는 것을 알고 있는 걸까? 산타 인형이 또 말했다.

"우리 지율이한테 다 까불지 마! 그러면 내가 가만히 안 둘 테다."

아까보다 더 큰 으름장같이 들렸다. 반복해서 들으면 들을수록 은근히 힘나는 것 같았다. '내 곁에 산타클로스가 있어. 내 편이 있는 거라고. 아빠도 있고.'라는 생각이 불현듯 들었기 때문이다.

요즘 너무 스트레스를 받은 탓인지 지율인 요즘 잠들기 어려웠다. 그 탓일까. 좀처럼 자지 않던 낮잠에 들었다. 지율인 꿈속으로 깊이 빠져들었다. 수정처럼 반짝이는 빙판을 조심스럽게 걷고 있던 지율이 발 아래로 큰 그림자가 드리웠다.

"지율아, 뭘 두려워 하니?"

"누구세요?"

"나를 보고도 모르겠니? 네가 기다리는 산타클로스란다."

"무슨요, 제가 기다리는 걸 알고 있다고요? 그런데 이제 왔어요? 왜! 왜!"

"이제 오다니? 난 늘 너와 함께 했단다. 지율아, 너는 혼자가 아니야. 언제나 네 편인 걸 몰랐니? 어깨 펴고 당당하게!"

꿈은 지율이 마음을 그대로 나타냈다.

그다음 날 아침, 아니나 다를까 정수가 먹잇감을 기다리는 대머리 독수리처럼 노려보고 있었다. 정수의 반지르르한 2대 8 헤어스타일은 파리도 미끄러질 것 같았다. 지율인 매순간 마음이 반반이었다. 두렵고 우스꽝스러운……. 심각하다가도 정수를 보면 웃음이 나올 것 같았다.

"이거 들어!"

가방을 느닷없이 가슴에 던졌다. 갑자기 당한 탓에 뒷걸음을 몇 번 치다 벌러덩 넘어졌다. 지율인 힘내서 말했다.

"네 가방을 내가 왜 들어? 네가 들어!"

지율이의 당당한 말에 움찔하는 정수가 한 박자 쉬었다 빈정거렸다.

"야, 야! 얘네 집은 엄청 꼬랬고, 거기다 귀신도 살아. 얘를 봐봐. 으스스하지 않니? 히히히!"

정수가 쫀 모습을 지율인 은근히 즐겼다. 헛기침 몇 번 하더니 아무렇지 않게 떠벌이기 시작했다.

"너 장난친 거면 나한테 죽을 줄 알아."

지율에게서 가방을 뺏어 들고 '탁탁' 신경질적으로 털었다. 나중에 두고 보자며 주먹을 들어 보이며 노려봤다. 지율인 정수가 보이지 않을 때까지 바닥에 누워 있었다. 하늘을 보며 웃었다. 뭔가 드디어 해낸 기분이 들었다. 아침에 계획한 일이 손 안 대고 코 풀 듯 쉽게 풀렸다. 보이지 않는 방패막이 생긴 건지 정수와 석훈이 섣불리 지율이한테 오지 못했다.

그날 밤, 지율인 가위에 눌렸다.

"이 거짓말쟁이야! 인형 가지고 장난 친 거 내가 모를 줄 알고?"

"아니야. 내가 안 그랬다고!"

아니라고 뒷걸음을 치는데 푹신한 뭔가가 막았다. 뒤돌아보는데 산타클로스가 어깨를 감싸 안으며 말했다.

"지율아, 물러서지 마. 어디까지 도망치려고? 너는 혼자가 아니랬잖니?"

지율인 심호흡을 하고 앞을 향해 소리쳤다.

"나한테 이러지 마. 나도 화낼 수 있어! 이제 가만히 안 있을 거야."

크게 외치고 뒤돌아보았을 때, 산타클로스가 엄지를 내밀며 개구쟁이처럼 윙크했다. 지율이도 산타클로스와 똑같이 인사했다.

꿈속에서 정수가 나타나 지율일 몰아세웠다. 정수와 맞서지 못하던 지율이가 속 시원히 외쳤다. 꿈꾸는 내내 지율인 두 주먹을 불끈 쥐었다. 따뜻하게 미소 짓는 산타클로스와 아빠가 지율이와 함께 있었다. 그래서 용기가 났던 걸까? 잠꼬대하는 지율일 아빠가 흔들어 깨우며 말했다.

"괜찮니? 무슨 일이야?"

"……."

"악당 물리치는 꿈꿨니? 그래서 물리쳤어? 어이구 녀석! 땀까지 흘리고……."

'응, 아빠! 말했어.'라고 속으로 말하면서 꿈을 떠올렸지만, 무엇보다 아빠가 다정하게 달래 주는 모습에 어쩔 줄 몰랐다. 갑자기 오글거렸다. 아빠가 애기한테 말하는 것 같아 지율인 괜히 뻘쭘했다. 하지만 지율인 꿈 얘기나 정수 얘기는 하지 않았다. '꿈처럼 내가 할 수 있을까?'라고 물었다. 산타 인형을 차라리 갖다 버리는 게 낫지 않을까 생각했다. 혹 하나를 덧붙인 것 같아 마음이 무거워졌다. 과연 이겨 낼 수 있을지 자신 없었다.

'내가 기다리던 산타클로스가 올까? 꿈속에서 본 산타클로스가 올까? 내가 진짜 이겨 낼 수 있을까?'라고 생각하며 산타 인형을 바라보았다. 놀랍게도 산타 인형이 고개를 끄덕이며 지율이에게 용기를 주는 말을 하는 듯했다.

"암, 이겨 낼 수 있지. 이겨 낼 거야. 내가 너와 함께 있잖니?"

아빠에게는 들리지 않는 목소리가 지율이 귓전에는 크게 들렸다.

오늘도 지율이보다 먼저 나가고 아빠는 없었다. 지율인 학교 갈 준비를 마친 후, 선반에 놓인 산타 인형을 집어 들었다. 새로운 메시지가 기다리고 있었다.

"화이팅, 힘내!"

힘차게 말하는 산타 인형의 말을 몇 번이나 반복해 다시 들어 보았다. 지율이 눈에서 눈물이 '뚝뚝' 떨어졌다. 산타 인형을 버리려고 집어 들었다가 뜻밖의 소리를 듣고는 다시 있던 자리에 올려놓았다. 그리고 산타 인형을 집어 들고는 혼자 말했다.

"산타클로스, 나를 지켜 주세요. 너무 괴로워요. 어떻게 해야 할지 모르겠어요."

지율이는 정수 때문에 버릴까 했던 산타 인형을 버리지 못했다.

뭣 때문에?

오래전 그날, 엄마는 지율이의 뺨과 머리 그리고 등을 수도 없이 쓸어내리며 말했다.

"지율아, 산타클로스 보고 싶어?"

"엄마, 산타클로스 보고 싶지. 근데 아직도 멀었어. 크리스마스가 되려면 몇 달을 기다려야 하잖아."

"그럼! 우리 지율이가 원하는 건 모두 가져다주지. 건강하게 잘 자랄 수 있게 지켜 주실 거야."

엄마는 지율이 가슴을 토닥이며 속삭였다. 그때까지 산타클로스가 다녀갔다는 확신을 한 적은 없었다. 단지 머리맡에 선물만 놓여 있었다. 지율인 엄마 품에 포근히 안겨 행복하게 스르르 눈이 감겼다. 어느 결에 잠에 빠져들었다.

"지율아, 일어나. 밥 먹어야지? 네가 좋아하는 고등어 조림했는데."

아침마다 들리는 엄마의 목소리는 지저귀는 새소리보다 상쾌했다. 올해 들어 키가 제법 자랐지만 엄마에게는 아직도 아기인가 보다. 엄마는 눈뜨지 않은 지율이의 발바닥을 주무르며 흐뭇하게 바라봤다.

"지율아, 오늘 느즈막에 비 오려나 본데, 학원에서 돌아올 쯤일 것 같아. 학교에 들고 갔다 잊으면 안 되니까 너 올 때쯤 버스 정류장에서 기다릴게."

"엄마, 그냥 오늘 학원을 쉴게. 히히히!"

"이런, 뭔 소리? 아들, 안 됩니다. 호호호!"

지율인 마중 나온 엄마와 집으로 돌아오는 시간을 떠올리며 기분 좋게 침대에서 일어났다. 엄마는 발바닥에 이어 등을 쓸어 줬다. 너무 시원해 지율인 다시 눈을 감았다.

"우아, 좋다. 엄마, 시원해!"

"어어, 다시 잠들면 안 돼. 얼른얼른 욕실에 가서 씻어."

학원을 마치고 학원 버스에 올라 탄 지율인 차창 밖 하늘을
바라봤다. 먹구름이 잔뜩 화난 듯 몰려오고 있었다. 아침에 엄
마가 한 말이 떠올랐다. '이제 곧 비가 오겠네.'라고 생각하며
피식 웃었다. 버스에서 내리는 지율일 반길 엄마의 모습이 그
려졌기 때문이다. 조금씩 비가 내리기 시작했다. 집에 가까워

지자, 지율인 버스 앞을 바라보았다.

버스에서 내린 지율인 두 손으로 머리를 가리고 두리번거렸다. 엄마가 놀래려고 숨어 있는 것은 아닐까? 아니, 지금 흠뻑 비를 맞고 있는데 그럴 리는 없었다. 지율인 동네 앞 제일 큰 벚나무 아래로 우선 비를 피했다. 주머니에서 휴대폰을 꺼내, 엄마에게 전화했다. 아무리 해도 엄마는 받지 않았다. 하는 수 없이 아빠에게 전화했다. 아빠는 벨이 두 번째 울리는 중에 받았다. 지율인 참았던 울음을 터뜨렸다.

"아…… 빠! 엉엉엉…… 엄, 엄……. 으~~~~~앙!"

아빠는 울지 말고 똑바로 말하라 했지만, 지율인 쉽게 울음을 그칠 수 없었다.

"지율아, 지율아! 그렇게 울면 아빠가 무슨 말인지 모르잖아. 엄마가 왜?"

한참 후에야 알아들은 아빠가 말했다.

"아빠가 전화해 볼게. 거기서 조금만 더 기다려 봐."

엄마는 아빠 전화도 받지 않았다. 지율인 비를 맞으며 집으로 갔다. 현관에는 엄마 신발이 보이지 않았다. 그때였다. 휴대폰 벨소리가 울렸다. '앗, 이건 엄마 벨소린데······.' 지율인 무서움이 밀려와 조심스럽게 소리 나는 쪽으로 걸어갔다. 식탁 위에 놓인 엄마 휴대폰 화면에 '우리 대장'이라는 글씨가 보였다. 아빠였다. 지율인 전화를 받아 말했다.

"아빠, 엄마 휴대폰이 집에 있어."

"그······그래? 엄마는?"

"없고······."

"알았어. 아빠 집에 거의 다 와 가."

잠시 후, 아빠가 집에 돌아와 엄마 휴대폰부터 보았다. 지율이가 건 것만 해도 28번, 아빠가 건 건 40번의 부재중 전화가 기록돼 있었다. 아빠는 이모네와 외갓집, 엄마 친구들에게 전화를 걸어봤지만 소득이 없었다. 엄마와 친하게 지내는 703호 옆집 아줌마에게 물었다.

"나 쓰레기 버리러 나가는데, 지율이 마중 간다면서 우산 두 개 들고 나가던데요? 지율아, 엄마 못 만났니? 어마야! 그때가 벌써 3시간이 다 돼가네요. 무슨 일이야, 원?"

밤이 깊도록 엄마에게서는 연락이 없었다. 그리고 지금까지 돌아오지 않은 것이다.

　그 후부터 아빠는 점점 말이 없어졌다. 아니 그전에도 말이 없었는데, 더 없어졌다. 집안은 고요해졌다. 굳은 표정의 아빠를 보면 말문이 막혔다. 엄마가 너무 보고 싶어서 울어도 아빠는 등 돌린 채 돌아보지 않았었다. 아빠의 어깨 들썩이는 것 보면 우는 게 분명하다.

　"울지 마, 울지 말라고! 아빠가 엄마는 분명히 찾을 거야. 엄마 찾게 기도해, 울지 말고."

　지율인 대답 대신 속으로 말했다.

　'아빠가 엄마 찾으려 다닌 게 벌써 2년이 지나가. 내가 벌써 5학년이 됐다고.'

　그때 캐럴이 들려왔다.

　'울면 안 돼, 울면 안 돼! 산타할아버지는 우는 애들에겐 선물을 안 주신대요.'

　아빠는 말 한마디 안 했지만 노래가 귀에 콕 박혔다. 지율이가 몰래 울었다. 이불을 뒤집어쓰고 울다, 울다 지쳐 잠든 것이 한두 번이 아니었다.

지율인 이제 울지도 않았고, 엄마 얘기를 절대 꺼내지 않게 되었다. 대신 산타클로스가 오기를 바랐다. 선물을 짊어지고 오는 대신 엄마를 찾아와 주길 바랐다. 그런데 이 말을 입 밖으로 내지 않은 이유는 절대 이뤄지지 않을까 봐 무서워서였다.

엄마가 사라진 후, 아빠는 일을 줄이고, 백방으로 찾아다녔다. 하지만 흔적조차 찾을 수 없었다. 그 와중에 아빠 혼자 아이를 키우고, 일하는 것이 만만치 않았다. 친할아버지는 덮어놓고 엄마를 향해 험한 말을 쏟아 냈다. 그런 두 사람 사이에서 안절부절 못하는 사람은 친할머니였다.

"잘 산다고 큰소리 떵떵 치더니 꼴좋다. 지율 어미 집 나가 감감무소식이고. 에잇!"

"아, 여보! 왜 또 그래요? 밥 먹을 때는 개도 건들지 않는다잖아요. 아범 편히 밥 좀 먹게 해요."

"시끄러워! 온다 간다 말없이 사라진 게 괘씸해서 그래."

"무슨 일이 있는 거라니까요. 지금도 찾고 있는 거 안 보이세요? 지율 엄마가 그럴 사람이에요?"

갈수록 할아버지와 아빠의 사이는 나빠지기만 했다.

아빠는 방방곡곡 엄마를 찾아다니고, 지율인 늘 기도했다. 어느 날은 신장개업하는 치킨 가게 앞에서 만난 산타클로스를 붙잡고 말했었다.

"산타클로스, 원하는 선물 다 가져다 주나요?"

"어서 오세요! 바삭 치킨이 드디어 신장개업했습니다. 꼬마야, 얼른 가라. 집에 가서 치킨 시켜 달라고 해, 엄마한테!"

"그러니까 저는 엄마가 오면 좋겠어요. 선물은 필요 없어요. 엄마요!"

"아, 얘가 왜 이래? 꼬마야, 난 바쁘단다. 알겠니? 선물은 네 엄마와 아빠한테 말해라."

지율인 눈앞에 있는 산타클로스에게 간절히 바랐지만 듣는 둥 마는 둥 지율일 밀어내기 바빴다.

그뿐만이 아니다. 한번은 교실에 산타클로스가 찾아온 적이 있었다. 산타가 화장실에 갈 때 지율이는 조용히 쫓아가 말했다.

"산타클로스, 저는 한 번도 울지 않았어요. 아빠한테 옷 입혀

달라고 한 적도 없어요. 학교 가는 날에 늦잠도 안 잤어요. 물론 밥도 혼자 잘 먹었고요."

"너는 몇 반이니? 우리 하민이랑 같은 반이니?"

"하민이요? 저랑 같은 반이에요."

"그래? 그럼 친하게 지내렴."

"그럼, 아저씨는 하민이 아빠세요?"

"……음, 그래! 아저…… 아니, 우선 급해서 화장실 다녀와서 말하자꾸나."

산타클로스가 하민이 아빠? 추운 나라에서 왔다는데 산타는 땀을 너무 많이 흘렸다. 땀에 젖은 콧수염 한 자락이 떨어져 '헉헉'거릴 때마다 깃발처럼 펄럭였다. 하지만 지율인 하민이 아빠가 아닌 산타클로스이길 더 간절하게 믿고 싶었다. 제발 소원을 들어주기만을 바랐다.

'저기요, 제발 우리 엄마 좀 돌아오게 해 주세요! 다른 선물은 앞으로도 필요 없거든요.'

이 말을 목이 터져라 외쳤다. 하지만 어디에서도 지율이의 간절한 소리에 귀 기울여 주는 사람은 아무도 없었다.

희망은 포기하는 게 아니야

아빠는 지율일 누구보다도 걱정하고 생각한다. 하지만 지율이에게는 그런 마음이 닿지 못했다. 약속 안 지키는 아빠, 무뚝뚝한 아빠의 모습이 가로 막았다. 다른 아이들처럼 자전거도 타고, 편의점에서 삼각 김밥도 먹고 싶었다. 무엇보다 엄마 얘기가 듣고 싶었다. 아빠는 엄마를 찾으러 다니다 늘 지친 모습으로 들어왔다.

지율인 산타 인형을 기어이 버리기로 마음먹었다. 바라는 소원을 이뤄 주기는커녕 정수와 석훈이 사이를 더 꼬이게만 만들었다. 언제 쳐들어와 들통이 날까 두려웠다. 지율인 산타 인형의 심장과 같은 충전을 일부러 하지 않았다. 산타 인형을 들고 베란다로 나갔다. 산타 인형을 창밖으로 던졌다. 멀어져 가는 산타 인형을 바라보며 이제 영영 산타클로스와 멀어졌다는 생각을 했다.

'아무리 기도해도 소용없어. 이제 산타클로스는…….'

아파트 화단 위에 떨어진 산타 인형은 보일 듯 말 듯 멀어졌다. 지율인 물끄러미 아래를 내려다 보다 거실로 들어와 덤덤하게 책가방을 맸다. 태연한 척 화단 앞을 지나 학교로 갔다. '나는 이제 산타클로스를 기다리지 않을 거야. 그리고 엄마도 오지 마! 나는 안 기다릴 거니까.'라고 꾹꾹 누르며 다짐하듯 말했다. 불현듯 말도 없이 사라진 엄마가 미워졌다.

저녁이 오고, 밤이 깊어도 아빠에게서는 전화 한 통 걸려 오지 않았다. 지율인 조용한 휴대폰을 자꾸 눌러 보았다. 기다리고 기다리다 아빠에게 수없이 전화를 걸어 보았다. 그렇지만 안타까운 소리만 들려왔다.

"전원이 꺼져 있어 소리샘으로 연결되오며 통화료가 부과됩니다."

다시 또, 다시 또 걸어 봐도 똑같은 말만 들렸다.

"아빠……. 아……빠!"

휴대폰 전원이 꺼지고, 아빠는 도대체 어디에서 무얼 하고 있는 걸까?

어제부터 큰 눈이 내릴 거라고 뉴스에 나왔고, 그 일기예보는 정확하게 맞았다. 저녁에 들면서 눈발이 굵어지고, 빠른 속도로 눈이 쌓였다.

'난 아빠마저 없으면 안 돼! 어디 있는 거야, 아빠! 왜 전화도 안 되는 거야?'

아빠가 운전하는 건 대형 트럭이어서 눈길에 미끄러지면 큰일이었다. 지율인 불안한 생각만 들었다.

그 시간 아빠의 트럭은 눈길을 '엉금엉금' 굴러가고 있었다.

마음은 급했지만 속도를 냈다간 큰일이다. 그런데 갓길에 세워진 작은 트럭이 보였다. 비상등이 깜박였고, 한 남자가 애타게 손을 흔들었다. 한눈에도 도움이 필요해 보였다.

아빠는 엄마를 봤다는 제보를 받고, 강원도에 다녀오는 중이었다. 몸은 지칠 대로 지친 데다 눈까지 오다니……. 그냥 지나칠까 하다 멈춰 보니 계란을 실은 차였다. 눈길에 미끄러져서 계란이 눈 위로 쏟아진 것이었다. 불행 중 다행이었을까! 쌓인 눈 덕분에 계란이 깨지지 않은 것이 많았다. 그렇지만 그 광경에 기막혀 입이 다물어지지 않았다.

계란 트럭 기사는 머리카락마다 고드름이 매달려 있었다. 아빠는 순간, '모른 척하고 그냥 지날걸.' 하고 후회했던 마음을 돌이켰다. 혼자 집에 있을 지율이 걱정이 커서 애가 탔지만 도저히 외면할 수 없었다.

눈밭에 콕콕 박힌 계란을 공처럼 던질 수 없는 일. 한 알씩, 한 알씩 주워서 계란 판에 조심조심 담아야 했다. 금방 손은 얼어서 벌겋게 변해 버렸다. 불빛이라고는 아빠의 트럭과 계란 트럭이 켜 놓은 등이 전부였다. 빨리 줍기 위해 양손을 사용했다. 간혹 계란을 못 보고 지날까 언 손으로 핸드폰 라이트를 간간히 켜고 눈 속을 뒤졌다. 아빠는 끝까지 계란을 주워 주었다.

"에~취! 에~취! 콜록콜록! 에, 에~취!"

"고맙습니다. 저 때문에 감기 드셨나 봐요. 면목이 없어서 어쩔까요? 연락처 주시면 제가 조금이라도 보답하겠습니다."

"보답이라니요? 저어~! 그것보다 죄송하지만 휴대폰 좀 빌릴 수 있을까요?"

"휴대폰이요? 예, 예! 여기 있습니다."

아빠는 휴대폰을 건네받으려는데 손이 얼어 움직여 주지 않았다. 지율이 휴대폰 번호를 누르려 해도 자꾸 다른 번호가 눌러졌다. 아빠는 갑자기 마음이 급해졌다. 늦은 시간에 걸려 온 낯선 번호라서 받지 않으면 어쩔까 하는 걱정이 됐다. 휴대폰 너머로 겁먹은 지율이 목소리가 들려왔다.

"여……보세요?"

"지율아, 아빠야! 미안해. 아빠가 이제 금방 갈 거야. 밥 먹었니? 아니 잘 시간이지? 지율아, 지율아!"

"아빠, 괜찮아?"

지율이가 울먹였다. 아빠도 울음이 터졌다.

"아빠? 괜찮지, 그럼. 아빠 금방 갈 거니까 얼른 자고 있어. 이따 보자. 아빠 휴대폰 배터리가 없어서 또 전화 못할 거야. 가면 보자. 지율아, 걱정 말고 얼른 자. 알았지?"

새벽 1시가 넘어서야 아빠는 집으로 돌아왔다. 현관문이 닫히는 소리에 지율이 눈이 번쩍 뜨였다.

"아빠?"

"응응, 얼른 자. 지율아!"

지율인 눈꺼풀이 자꾸 내려왔다. 힘껏 뜨려고 해도 스르르 눈이 감겼다. 지율인 눈에 젖은 아빠 품에 안겨 있었다.

"아……빠, 나 이제 아빠만…… 나는 아빠만 있으면 돼. 이제 안 와도 돼!"

"누가 안 와도 돼?"

"으응, 엄……마."

아빠는 정신이 번쩍 나는 것 같았다. 아무 말도 할 수 없었다. 지율이는 이제껏 엄마에 대해 한마디도 안 했었다. 덤덤해졌나 보다 마음속으로만 생각했다. 하지만 지율이는 엄마를 매일 기다리고 있었다.

"지율아, 엄마가 그렇게 보고 싶었……어?"

지율인 다시 깊은 잠에 빠져들었다. 대답대신 아빠의 품에 가깝게, 가깝게 안기기만 했다. 아빠의 두 눈에서는 굵은 눈물과 머리에서 물방울이 굴러 떨어졌다. 아까 눈밭에서 계란을 주울 때 머리 위에 쌓인 눈이 녹아 젖었지만 머리를 닦을 겨를 없이 집을 향해 왔다.

아빠는 잠든 지율이 등을 하염없이 쓰다듬고 오래오래 앉아

있었다. 기필코 지율이 엄마를 찾으리라 주먹을 꼭 쥐고 다짐
했다. 지율인 자다가 한 말을 전혀 기억하지 못했다.

"지율아, 지율아! 일어나야지?"

무슨 일인지 아빠가 지율이 코앞에 얼굴을 댄 채 깨웠다. 지
율인 부스스 뜬 눈이 갑자기 동그래졌다. 아빠 얼굴이 눈 안에
가득 차게 가까이 와 있었기 때문이다. 지율이도 모르게 아빠
의 목을 와락 끌어안았다.

"아빠 숨 막혀. 다 큰 녀석이……, 징그러워! 하하하!"

서먹하기만하던 아빠가 이렇게 그립고 반가울 수가 없었다.
아빠도 징그럽다 하면서도 지율이를 끌어안고 놓지 않았다.

"아빠를 영영 못 보는 줄 알았어."

그동안 아빠에게 서운했던 마음이 뿌리째 뽑아지는 느낌이
었다. 지금 같아서는 아빠만 있으면 될 것 같았다.

"지율아, 아빠가 욕조에 따뜻한 물 받아 놨는데, 우리 아들이
랑 목욕하려고 말이야."

"나랑 목욕을?"

정말 뜻밖이고 쑥스러운 말이었다. 그동안 지율인 혼자 욕실

에서 씻은 적이 많았다. 어두컴컴한 전등과 이상하게 울리는 소리가 너무 무서웠다. 그런데 오늘은 아빠와 지율이가 욕조에 같이 몸을 담그고 마주앉아 있었다.

"지율이가 어느새 이렇게 컸니? 고추에 수염도 돋았네."

지율인 무슨 말을 어떻게 해야 할지 몰라 손으로 앞을 가리고 몸을 웅크렸다. 그때 아빠가 지율이 콧잔등 위로 물을 끼얹었다. 지율이도 어색하게 맞불 공격을 했다. 물방울은 어느새, 지율이와 아빠의 서먹한 관계를 조금씩 씻어 주고 있었다.

지율인 생각했다. 아빠와 목욕하는 것만으로도 행복해질 줄 꿈에도 몰랐다. 아빠가 안전하게 돌아온 게 천만다행이다.

산타클로스가 온다고?

지율인 자꾸 신경이 쓰였다. 베란다로 나가 화단을 내려다
보는 일이 잦아졌다. 산타 인형을 버리고 마음이 편치 않았다.
분명히 저곳에 버렸는데, 산타 인형은 보이지 않았다. 흰 눈
위에 콕 찍힌 빨간 점처럼 산타 인형은 표가 났다. 이리저리
아무리 보아도 없었다. 아빠가 부르는 소리에 화들짝 놀랐다.

"너, 너 왜 또 베란다에 나갔어? 그러면 안 된다고 아빠가 분
명히 말했는데 잊었니?"

"아냐, 아빠! 눈 봤어."

"눈을 왜 거기서 봐? 내려가서 가까이 가서 보면 되지…….

아빠랑 같이 가서 보자."

아빠 말을 거절할 수 없어 함께 나갔다. 눈이 사부작사부작 내리고 있었다. 화단에는 눈이 제법 쌓였다. 아빠가 먼저 눈을 뭉치기 시작했다. 그리고 눈뭉치를 눈 위에 굴렸다. 굴리고, 또 굴리는데 눈 속에서 산타 인형이 아주 깨끗한 채로 모습을 드러냈다.

"하, 하하하! 메리 크리스마스!"

생생한 목소리가 들려왔다.

"어, 어, 어! 안 보여서 어디 갔나 했는데 이게 여기 떨어져 있었네? 지율아, 인형 네가 떨어뜨렸어?"

"아, 아……닌데? 아냐, 내가 떨어뜨린 거."

거짓말이 저절로 나왔다. 아빠는 그런 지율이를 다그치지 않았다.

"그래? 뭐, 상관없어. 산타클로스가 다시 우리를 찾아왔잖아? 아니 우리가 찾아온 건가? 하하하!"

산타 인형은 버렸다고 할 수 없게 전보다 더 반짝반짝 새 것 같았다. '우리를 찾아왔잖아.'라는 말에 머리카락이 쭈뼛 서는 것 같았다.

"왜, 싫어?"

왠지 아빠가 지율이 눈치를 보는 것 같았다. 할 말이 없어 가만히 있었다. 아빠는 계속 산타 인형을 만지작거렸다.

"하, 하하하! 메리 크리스마스!"

버릴 때 분명히 충전하지 않았는데, 산타 인형이 말하고 있었다. 갑자기 지율이가 울음과 함께 외쳤다.

"크리스마스는 개나 주라 해. 이딴 인형도 싫어. 엄마도 데려다 주지도 못하는 산타클로스는 필요 없어. 우리를 찾아온다고? 거짓말이야."

아빠는 들고 있던 인형은 바닥에 떨어뜨리고 멍하니 서 있었다. 집에 들어온 후에도 한참 동안 말없던 아빠가 말했다.

"지율아, 산타클로스는 우리를 꼭 찾아와. 그리고 바라는 게 뭔지도 알고 있어."

정수 말처럼 5학년이나 되서 아직도 산타클로스를 기다려 온 자신이 한심했고, 창피했다. 그 후 며칠이 지나도록 아빠는 별다른 말이 없었다. 아빠가 화난 얼굴은 아니었다.

지율이 휴대폰이 '드르륵, 드르륵' 진동 소리를 내며 움직였다. 처음 보는 번호였다. 지율인 아빠에게 휴대폰을 내밀었다.

"아빠 모르는 번호야."

아빠는 혹시나 하는 마음에 휴대폰을 받아 통화 버튼으로 밀었다.

"여보……세……요?"

"안녕하세요? 저는, 저는…… 저번에 음~~~, 저를 도와 주셨던……."

"네? 혹시 그 계란?"

"흐흐, 네…… 네. 맞습니다. 그 계란이요. 저 도와 주시다 몸살 앓지 않으셨습니까? 뒤늦게 여쭙네요."

"아, 예. 괜찮았습니다. 그런데 무슨 일이신지요?"

뜻밖의 말이 들려왔다.

"저어기, 선생님 트럭에 붙어 있던 현수막의 그 여자 분 말입니다."

아빠는 망치로 머리를 맞은 것만 같았다. 여기 저기 안 찾아 다닌 곳이 없어도 아는 사람도, 물어보는 사람도 없었다. 가끔 허탕 치게 만드는 제보만 있었다. 그런데, 그런데? 아빠는 파르르 손과 목소리가 떨렸다. 왠지 이번은 제대로 전해 준 소식일 듯…….

"네, 네……. 현수막……! 그 사람을 아시나요?"

"확실한 것은 아니라서 조심스럽긴 한데요. 제가 한 달에 한번 봉사 가는 복지 병원이 있거든요."

"보셨어요? 제 집사람?"

"아, 아내 분이셨군요? 네, 아주 닮은 분이 계세요."

"고맙습니다. 고맙습니다. 감사합니다."

"아, 아, 아닐 수도 있으니까 우선 가 보세요. 해월마을이란 곳이에요. 수도회에서 운영하는 병원이에요. 혹시 아니더라도 실망은……."

"아닙니다. 선생님! 이렇게 연락 주셔서 고맙습니다. 고맙습니다."

아빠는 휴대폰을 들고 몇 번이나 몸 굽혀 인사했다. 통화를 끝낸 후 바닥에 털썩 주저앉아 한동안 멍하니 있었다. 머리를 흔들더니 벌떡 일어나 나갈 준비를 서둘렀다.

2년을 넘게 찾아다녀도 못 찾았다. 번번이 허탕 치고 돌아올 때면 절망감만 더해 갔다. 하지만 아빠는 희망의 끈을 놓지 않고, 아빠 트럭에 '사람을 찾습니다.'라는 현수막을 매달고 다녔다. 가족의 간절함에 비해 사람들은 무관심했었다. 캄캄한 밤에 함께 계란을 줍는 와중에도 현수막을 유심히 봐준 한 사람이 너무나도 고마웠다.

해월마을 산 밑에 있는 요셉 병원에 도착했지만 선뜻 발을 내딛을 수 없어 아빠는 머뭇거렸다. 병원을 바라보는데 지붕 꼭대기에 양손을 벌리고 있는 예수상이 있었다. 마치 따뜻하게 아빠를 맞아 주는 것 같은 마음이 들었다.

아빠는 예수상의 발끝이라도 잡고 간절히 바라며 두 손 모아 기도했다.

"제발 이곳에 제 아내가 있기를 기원합니다."

한참 동안 입구에서 위를 바라보고 있는 아빠에게 낯선 목소리가 들렸다.

"형제님, 어떻게 오셨죠?"

한 수녀님이 조용히 물었다. 예전에도 만난 듯 온화한 미소를 띠고 있었다.

"아, 아, 네! 제 아내를 찾으러 왔습니다."

"아, 그러시군요? 혹시 아내 분의 이름이⋯⋯?"

"박수연⋯⋯⋯입니다."

아빠는 엄마 이름을 말

하고 되돌아온 대답이 무엇일지 몇 초 동안이었지만 길게 느껴졌다.

"박수연이란 이름은 모르겠군요. 그래도 우선 들어와 보실까요? 저희 병원에 2년 동안 입원 중인 분이 있는데 기억을 잃었어요."

아빠는 '2년'이라는 말에 희망의 불이 밝혀지는 것 같았다. 아빠 손에는 땀이 자꾸 배이고 있었다. 그때 수녀님이 말했다.

"그럼, 가 보실까요?"

"아, 아, 네네!"

긴장한 아빠의 마음은 금방이라도 풍선처럼 터질 같이 부풀었다. 계단을 한 단 한 단 오르는 발도 떨리고 있었다,

"형제님, 이쪽으로 들어가시죠."

수녀님은 그 사이 병실로 들어가 먼저 한 환자와 말을 나누었다.

"들어오세요. 형제님!"

두 번의 말에도 아빠의 발은 바닥에 붙은 듯 뗄 수 없었다. 수녀님은 다시 아빠에게 손짓을 했다. 마지막으로 심호흡을 한 후, 병실로 들어섰다. 침대 6개가 놓여 있었고, 병실의 모두가 일어나 바라보았다. 그 중에 한 사람이 눈에 들어왔다.

"지율이 엄마?"

"우리 지율이를 어떻게 아세요?

병실에서 가장 깡마른 사람이었지만 지율이 엄마의 모습은 그대로 남아 있었다. 그런데 되돌아오는 답은 실망이었다.

엄마는 지율이란 이름만 유일하게 기억했다.

"우리 지율이, 우리 지율이 꼭 만나고 싶어요. 아저씨!"

"여보, 지율이 엄마! 얼마나 찾았는지 알아?"

한눈에 알아본 아빠, 아빠를 아저씨라 부르는 엄마……. 기쁘면서도 허망했다. 시간을 쪼개 가며 사방으로 찾아다녔건만 이렇게 한순간 만나는걸…….

엄마는 비오는 날, 갑자기 사라졌다. 2년여 동안 없는 사람이었다. 포기하지 않고 꼭 만나리라 믿었는데 눈앞에 앉아 있다. 아빠는 지율이 얼굴이 떠올라 아무 말 못하고 눈물만 흘렸다. 아내도 지율일 그리워했다는 것이 더 가슴 아팠다. 요셉병원이 집에서 그리 멀지 않은 것도 애통했다.

지율이에게 엄마를 찾았다는 소식을 전하려니 여러 가지 생각이 들었다.

'지율아, 드디어 네가 바라는 선물이 올 거야.'

아니, 이렇게 말할까?

'지율아, 드디어 엄마를 찾았어, 그런데 기억을 잃었어.'

아니면 이렇게 말할까?

'지율아, 네가 바라는 산타클로스는 꼭 올 거야.'

이런저런 말을 떠올려 봤지만 머릿속이 뒤죽박죽 복잡해지기만 했다. 왜냐하면 아내가 기억하고 있는 사람은 지율이밖에 없는데 과연 2년 동안 불쑥 커 버린 아들을 알아볼 수 있을까 싶었다. 그렇다면 하나뿐인 기억마저 없어질 텐데……. 아빠는 아내를 찾은 기쁨에, 고민도 함께 커졌다.

사고 당시 엄마를 발견한 사람은 이 병원의 수녀님과 사무관이었다. 그 당시, 엄마는 다행히 몸은 많이 다치지는 않았지만 불행하게도 자기 이름조차 기억 못하는 치명적인 일이 벌어졌다. 이 사실을 지율이가 잘 받아들일지 걱정이 커졌다.

하하하, 메리 크리스마스

"지율아, 아빠 말 잘 들어 봐. 네가 그리 간절하게 바란 덕에 엄마를 찾은 것 같아. 아니, 드디어 찾았어. 산타클로스가 말했잖아. 메리 크리스마스라고 말이야. 우리 가족도 이번에는 메리 크리스마스가 될 거야."

크리스마스 아침, 아빠는 무엇을 준비하는지 바빠 보였다. 가방 한가득 짐을 챙겨 들고는 지율이를 불렀다.

"지율아, 출발하자."

아빠는 지율이 머리를 몇 번이나 넘겨 주고, 옷을 괜스레 털어 주었다.

"이따 엄마 보고 놀라지 마. 그냥 밝게 인사해야 해?"

"알겠어. 그 말을 몇 번이나 하는 거야."

"그랬나? 허허허!"

아빠는 멋쩍게 웃었다.

트럭이 아닌 버스를 탔다. 가는 동안 아빠는 지율이 손을 잡고 갔다. 얼마만큼 달려갔을까, 아빠가 내리자고 잡은 손을 올렸다.

"내리자, 여기서."

버스에서 내려 15분쯤 걸어갔다. '요셉 병원'이란 간판이 크게 보이는 건물 앞에 발을 멈췄다. 아빠는 마주친 수녀님과 아주 낯익은 사람인 것처럼 인사를 했다.

"어서 오세요. 형제님! 어? 얘가 지율이군요? 아니지, 멋진 산타클로스가 오셨네? 호호호! 엄마와 아주 많이 닮았구나? 호호호!"

아빠는 그 말에 환하게 웃으며 말했다.

"네, 맞습니다. 그런가요? 절 많이 닮았다고 하던데, 아내를 닮은 곳이 있었나 보네요? 아내가 좋아하겠군요."

"수산나 자매님이 아침부터 바쁘더니 이유가 있었군요? 얼른 올라가 보세요. 수산나 자매님 눈 빠지겠어요. 산타클로스 기다리느라……."

지율인 수산나가 누군지, 왜 아빠를 형제님이라고 부르는지 영문을 몰랐다. 그리고 '멋진 산타클로스'라니…….

"아빠가 형제님이야? 그리고 내가 산타클로스?"

"으……응, 여기는 천주교 소속 병원이라 남자는 그렇게 부르는 거야. 멋진 산타클로스님! 하하하!!"

"왜 그래? 아빠까지……."

"엄마는 병원에 있는 성당에

서 세례를 받았어. 그래서 수산나라는 세례명을 얻었지. 앞으로 지율이랑 아빠도 세례 받을 거야."

지율인 무슨 말인지 정신이 없었다. 왜 아빠는 오래전부터 이곳에서 엄마를 만나면서 지율에게는 말하지 않았을까?

엘리베이터를 타고 2, 3, 4층을 지나 5층에 멈춰 섰을 때 '땡' 하는 울림이 크게 들렸다. 502호실 벽에 이름 세 개가 위아래로 나란히 있었다. 그 이름들 사이에 '박수연 수산나'가 보였다. 아빠가 엄마를 찾기 전까지 수산나라고만 불렀다. 문이 열리면서 지율이 가슴이 콩닥거리기 시작했다. 아까 수녀님이 수산나라고 부른 것이 낯설기만 했다. 막상 '엄마'라고 소리 내 부를 수 없었다. 그동안 남몰래 그리워하던 엄마의 이름이었건만…… 정말 낯설게 눈에 들어왔다.

아빠도 지율이 마음을 이해했는지 병실 앞에서 걸음을 멈췄다. 숨을 깊이 들이마시고 내쉬더니 지율이 등을 가볍게 쳤다.

"자, 엄마 만나는 거야."

"엄마가 아니야, 아빠!"

아빠는 아무 말이 없었다. 슬퍼 보였다.

눈앞에 낯선 엄마가 보였다. 아주 많이 말랐고, 창백했다. 몇 년이 지났지만 지율인 엄마 모습을 한 번도 잊은 적 없었다. 사진을 보고 또 봤다. 엄마도, 지율이도 마치 정지 화면처럼 멈춰 서 있었다. 아빠가 먼저 말을 꺼냈다.

"지율이야, 여보!"

"지율이, 지율이. 우리 아가! 이리 와. 엄마야."

'아가'라는 말이 너무나 낯설었다. 얼마 만에 듣는 말인 지……. 선뜻 엄마 가까이 가지 못했다. 엄마는 지율에게로 다 가오지 않았다. 그저 팔만 펼친 채 있었다. 예전에 포동포동하 던 엄마의 발그레한 뺨은 사라졌다. 무서운 생각이 들었다. 지 율인 저도 모르게 고개를 절레절레 흔들었다.

'내가 데려다 달라는 건 저런 엄마가 아니야. 아니라고!'

지율인 뒷걸음치고 있었다. 아빠는 그런 지율에게 어떤 말 도, 몸짓도 하지 않았다. 그런 지율이의 마음이 너무도 이해되 었기 때문이었다.

"지율아, 네 이름은 잊지 않아서 다행이야. 엄마가 너무 늦어 서 미안해."

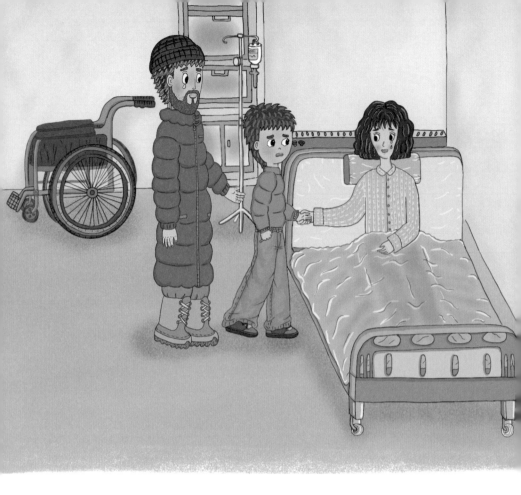

　그 말을 하자마자 두 눈에서 눈물이 주르륵 흘러내렸다. 엄마가 정말 간절하게 지율이가 보고 싶어 한 마음이 그대로 스며들었다. 아빠가 목소리를 낮춰 말했다.

　"엄마가 사고로 기억을 많이 잃었어. 그런데 네 이름만은 기억하는 거야. 아빠는 아직도 기억 못해."

'지율아, 엄마를 가서 안아 주렴.'

누군가 지율이 귓가에 속삭이고 있었다.

'지율아, 네가 엄마의 산타클로스가 되어 주는 거야. 최고의 선물이거든, 엄마한테.'

또렷하게 들리는 이 소리는 이상한 힘을 주었다. 뒷걸음치던 발이 멈춰지고, 한 발 한 발 엄마에게 다가갔다.

"엄마? 메리……크리스마스!"

"엄마도 메리 크리스마스, 기도했는데 엄마가 기다리던 산타 클로스가 드디어 오셨네? 우리 지율이가 이렇게 생겼구나. 아 주 미남이네. 고맙습니다, 고맙습니다."

쑥스럽게 웃던 지율이 얼굴에 점점 환한 빛이 퍼져나갔다. 엄마는 아직 몸이 회복된 상태가 아니어서 오랫동안 앉아 있 는 것조차 힘들어 식은땀을 흘렸다.

"지율아, 엄마 잠깐 누워 있으라 하고, 우리 산책 좀 하고 올 까?"

아빠와 지율인 겨울 숲길을 걸었다.

"엄마가 그날 사라진 것은 뺑소니 교통사고 때문이었어. 폭

우여서 지나는 사람도 없었는데 다행히 요셉 병원 수녀님이 발견하신 거야. 그것만으로 기적이지. 엄마는 그전 기억을 다 잊어서, 자기 이름조차 기억도 못했어. '박수연'이라는 이름도 아빠가 엄마를 찾고 알려 줬어. 엄마는 아직도 어색하고 낯설 대. 자기 이름이……."

지율인 말없이 들으면서 눈물을 흘렸다. 얼마나 엄마를 그리 워했는데 기억을 잃어 찾아올 수 없었다는 사실이 기막혔다.

엄마가 사라진 후, 지율인 신장개업하는 치킨 가게 앞 산타 클로스에게까지 소원을 빌었다. 산타 인형에게까지도……. '엄마가 돌아오게 해 주세요.'라고……. 지율이의 울음소리는 점점 커졌다. 아빠가 다가와 안아 주며 함께 흐느껴 울었다.

오랫동안 마음에 묻어 둔 말을 엄마에게 물었다.

"엄마, 나를 버린 게 아니어서 다행이야."

"버리다니? 돌아가고 싶었어. 내가 유일하게 기억한 그 이름 을 만나고 싶었어. 지율아, 엄마가 미안해. 엄마는 단 하루, 아 니 일분일초도 네 이름만은 잊은 적이 없단다."

"나도 엄마!"

지율인 가슴이 따끔거렸다. 자기가 산타 인형을 화단에 버린 일이 떠올랐기 때문이다. 하지만 아빠가 그 일은 말하지 않았다. 엄마가 사라진 이유를 알고 나니 상처가 아물어 딱지가 떨어지는 느낌이었다.

집에 돌아온 지율인 산타 인형에게 빠른 걸음으로 다가갔다.

"산타클로스, 미안해요. 그동안 미워했어요. 제가 바란 선물을 알고 있었어요? 오늘 엄마를 만났어요. 정수와 석훈에게도 겁내지 않고 용기 내 볼게요."

주차하느라 늦게 돌아온 아빠가 뒤늦게 지율이 말을 듣게 되었다.

"어떤 녀석들이 널 괴롭혔니? 옆집 동우네 엄마가 봤다는데?"

"아……빠…! 그게 말이야……."

"내 이 놈들을 가만히 안 놔둘 거야."

"아냐, 아빠! 산타클로스가 나를 지켜 줬어. 이제 내가 이길 수 있어."

"산타클로스가 지켜 주다니?"

"우리 지율이한테 다 까불지 마! 그러면 내가 가만히 안 둘 테다. 산타클로스가 말했거든. 그 소리에 도망쳤어, 걔네들."

"뭐야? 그 녀석들이 집까지 쳐들어왔어? 이런!"

아빠의 두 눈에는 눈물이 그렁그렁해졌다. 혼자 힘들게 이겨 냈을 지율일 생각하니 마음이 무너지는 것 같았다.

"응, 똑똑히 들었어. 나도 믿기지 않고 조금 무서웠는데, 이젠 확실히 믿어. 진짜로 산타클로스가 지켜 줄 거니까!"

"그래! 산타클로스가 그리고 아빠와 엄마가 널 지켜 줄 거야."

"네, 산타클로스! 하, 하하하! 산타클로스, 메리 크리스마스!"

달고나

아침부터 집안은 분주했다.

"여보, 나 다녀올게. 식탁에 점심 차려 놨으니까. 먹고 그대로 놔둬. 내가 와서 치울 테니까."

"알았습니다. 몇 번을 말하세요? 요즘 당신 나를 너무 아이 취급하는 거 알아요?"

"아, 그랬나? 미안, 미안! 근데 조금씩 배우는 것 보면 아이 아닌가? 하하하!"

"어머머, 또 저런다. 알겠습니다. 운전이나 조심하세요!"

엄마가 집에 돌아온 후, 한동안 아빠와 엄마는 매우 어색해

했다. 잃은 기억이 모두 돌아오지 않았기 때문이다. 엄마는 기억상실이 되기 전 꾸민 사진첩을 보고 또 보고 있다. 지율이의 육아 일기도 엄마한테 새로운 사실이었다. 그런데 웃음소리가 떠나지 않고 있다.

지율이 또한 엄마와 아빠의 옥신각신하는 말이 즐겁기만 했다. 엄마와 아빠는 연애 중인 것 같다. 지율인 매일 꿈같은 날이다. 아침마다 베란다 앞, 지저귀는 새소리가 들리기 시작했다. 새들은 늘 지저귀며 날아다녔을 텐데 이제야 들렸다. 밖에서 떠들어대는 아이들 소리까지 들려왔다.

"얼른 안 들어오면, 너 오늘 간식 못 먹을 줄 알아! 하나, 둘……."

어느 집에선가 아이를 부르는 엄마의 경고도 들렸다. 카운트다운을 지율이가 받았다.

"셋! 땡! 큭큭큭, 엄마! 쟨 간식 먹을까

못 먹을까?"

　"아마 먹을걸? 엄마들
경고는 대부분 협박이거
든. 안 주면 속상하니까.
먹이고 싶으니까."

　귤 한 상자에 9900원이
라고 쉬지 않고 반복하던 트럭
이 떠나는지 소리가 멀어졌다. 세
상에 이렇게 많은 소리가 있다는 걸
지율인 요즘 들어 알았다. 여러 가지 소리만
큼이나 지율인 어느 때보다 바빠졌다.
아빠의 부탁도 부탁이지만 엄마가 힘
들지 않게 해야 할 일이 생겼기 때문
이다. 엄마는 아직 휠체어를 타고 움직
이고 있어서 엄마가 덜 힘들게 지율이가
도왔다.

　"지율아, 그건 엄마가 할 수 있어. 얼른

아침 먹고 학교 가야지."

아침에 씻고 닦은 수건과 옷가지들을 세탁기에 넣는 지율이를 바라보며 재촉했다.

"너, 그러다 학교 늦는다고. 엄마 때문에 늦는 거 바라지 않아."

"아냐, 엄마! 아직 30분이나 남았다고."

엄마는 자기 때문에 지율이가 일찍 철이 드는 건 아닌지 마음이 편치 않았다.

"엄마가 이젠 휠체어 달리기 선수라고."

지율인 그 말에 엄마를 마주보며 엄지를 내밀며, 윙크를 했다. 엄마는 웃음이 터져 버렸다.

"학교 다녀오겠습니다. 엄마, 내가 낸 숙제하세요. 앨범 자꾸 보면서 기억 떠올리기!"

"네, 선생님. 숙제 잘하고 있을게요. 호호호! 그래, 그래! 알았어! 어서 잘 다녀와, 아들!"

산타 인형은 변함없이 선반 위에서 환하게 웃고 서 있다. 도란거리는 지율이 가족의 모습을 흐뭇하게 바라보는 양……

6학년이 되어 정수와는 천만다행으로 같은 반이 되지 않았다. 석훈인 같은 반이지만 머리 잘린 삼손 같았다. '오 마이 갓!'도 줄었다. 그런데 가끔 정수와 만나면 로봇이 합체한 것처럼 기가 살아 다시 살아났다.

"오랜만에 꼬진 집 좀 방문할까?"

그 말을 들었는데도 왠지 겁나지 않았다.

"어라, 우리가 간다는데도 표정도 안 변하네? 두고 보자, 너!"

빈정거리며 지율이 뒤를 정수와 석훈이가 쫓아왔다. 아무렇지 않게 앞장 서 걸었다. 비밀번호를 뒤에서 보든 말든 누르고 문을 열었다. 거실에서 엄마가 휠체어를 밀고 나오며 말했다.

"울 아들 왔어?"

"응, 엄마!"

"어? 친구들이 왔구나? 어서 오렴."

정수와 석훈인 돌이 된 듯 굳어 서 있었다. 석훈이가 촉새처럼 말했다.

"오 마이 갓! 친구래. 헐……! 우리가? 네가? 설마……."

정수가 눈치 없는 석훈이 옆구리를 찌르며 속삭였다.

"주책아, 제발 가만히 좀 있어. 사태 파악 좀 해라."

천연덕스럽게 지율이가 말했다.

"응, 엄마 내 베프야. 앤 저기 편백나무 숲 쪽에 큰 집 있지? 거기 사는 정수고, 석훈인 개그맨 버금가게 웃기는 친구야."

정수와 석훈이의 표정은 점점 굳어지고 있었다. 점점 염치없어진 석훈인 소리 없이 연속해 '오 마이 갓'만 외쳤다.

"오 마이 갓! 베프? 오늘부터 베프 1일인가? 오 마이 갓! 웃기는 친구?"

정수는 미끄러질 듯 반질반질한 2대 8 머리를 쓸어냈다. 땀이 나는지 손수건을 꺼내 얼굴을 찍어 냈다. 지율인 은근 웃음이 피식피식 났다.

"뭐해? 어서 들어와!"

지율이가 아무렇지 않게 말했다.

"어, 어, 예, 예!"

지율에게 대답하는지, 엄마에게 대답하는지 뒤죽박죽이다. 정수와 석훈이가 엉거주춤 들어오자, 엄마가 아주 들뜬 표정으로 말했다.

"우리 지율이 친구는 누구일까 궁금했는데 반갑다. 지율이랑 같은 반이니?"

석훈인 한 손을 번쩍 들며 말했다.

"얘는 아니고요, 저요, 저! 제가 지율이랑 같은 반……."

석훈인 그 순간에도 중얼거렸다.

"오 마이 갓! 맛있는 거요. 크크!"

속삭이는 석훈이의 말을 들은 지율인 자연스럽게 말했다.

"엄마, 얘네 컵라면 좋아해!"

"오 마이 갓! 사발면……."

슬그머니 정수를 바라보며 재 밌어진다는 듯 미소 지었다. 그 때 엄마가 말했다.

"오 마이 갓? 어머! 호호호, 예전에 우리 지율이도 언제 배웠는지 '오 마 가!' 하며 눈을 동그랗게 떴는데."

지율인 깜짝 놀랐다.

"엄마, 기억 나? 내가 그랬던 걸?"

뒤늦게 놀란 엄마는 입을 다물지 못했다.

지율인 엄마 앞으로 가 양손을 잡고 눈물까지 흘리며 기뻐했다. 영문을 모르는 정수와 석훈인 어리둥절해 서로 마주 보고만 있었다.

"석훈아, 고마워!"

"석훈아, 고맙다. 네 '오 마이 갓!' 덕분에 기억 하나를 찾았구나."

석훈이의 '오 마이 갓!'이 이렇게 쓸모 있을 줄 몰랐다.

"오 마이 갓! 지율이랑 나랑 공통점이 있네? 오 마 가? 히히히"

석훈인 정수는 안중에도 없이 지율이와 어깨동무까지 하며 호들갑을 떨었다. 그 모습을 지켜보던 정수는 어이없고, 배신감마저 들어 속이 부글부글 끓어올랐다.

"아참, 사발면을 좋아한다고 그랬지? 내 정신 좀 봐! 근데 컵
라면은 그렇구나."

정수는 그 소리에도 군침을 삼키며 속으로 말했다. '아, 먹고
싶다.' 아토피 때문에 그림의 떡이라 먹고 싶어도 말할 수 없
었다. 엄마는 뭘 해 줄까 심각했다. 지율인 아무리 그래 봤자
다 깔보고, 비웃을 정수라고 생각했다. 엄마가 반짝 떠올린 것
은 '달고나'였다.

"별 모양, 세모 모양, 원 모양…… 말만 해."

정수와 석훈인 처음인 눈치였다. 하긴 비싼 것만 먹었을 아
이들이라 시시한 것일지 모른다. 정수가 쭈뼛거리며 말했다.

"그게 뭔데요?"

"잠깐만 기다려. 재밌는 놀이도 하고, 달콤하게 먹자고."

"엄마, 정수는 아토피가 있어. 그래서 음식을 조심히 먹어야
해."

정수는 지율이를 빤히 쳐다봤다. 아토피 때문에 고생하는 마
음을 읽어 준 것이 뜻밖이었다. 엄마는 곰곰이 생각하다가 말
했다.

"지율아, 말해 줘서 다행이다. 아쉽지만 정수는 먹지는 말고 모양 뽑기만 해야겠다."

엄마는 뭐가 신나는지, 콧노래까지 불렀다. 정수와 석훈이가 저렇게 얌전한 것은 처음 봤다. 나가지도 못하고 꼼짝없이 붙들려 있는 것 같았다.

"완성! 별 모양 누가 뽑을래?"

"저요!"

엄마 말이 떨어지자마자 정수가 손을 들었다. 대답을 너무 크게 했다고 느꼈는지 다시 머리를 쓸어 넘겼다. 갑자기 바보가 된 걸까? 아님 번개를 맞을 걸까? 이제껏 못 보던 정수의 모습이었다.

"그래, 네가 할래? 아줌마가 시범 보여 줄게."

엄마는 아주 조심스럽게 달고나 조각에 찍힌 별 주변을 잘라냈다. '요렇게, 요렇게'라고 말하는 사이 서서히 별 모양이 나왔다. 그렇게 못되게 굴던 정수는 어디로 가고 헤벌레 입을 벌린 채 바라보았다. 입꼬리에서 침이 뚝 떨어졌다. 지율인 웃음을 참으며 못 본 척했다.

"우아, 아줌마 저도 해볼래요."

"그래, 요기 별 모양!"

석훈이가 이쯤 되면 '오 마이 갓'을 하고도 남았을 텐데 심각하게 차례를 기다렸다.

"너도 별 모양 할래?"

"아니요. 전 세모 모양."

"오호, 똑똑하구나. 그게 제일 쉽거든."

그때 정수가 아주 안타깝다는 소리를 냈다.

"아고고, 아이 참!"

엄마는 아주 재밌어라 웃어댔다.

"호호호, 별이 찌그러졌구나? 다시 해 줄까?"

"……, 세모 모양이요. 고……맙습니다."

세상에 정수 입에서 고맙다는 말이 나오다니 놀라운 일이다. 지율인 엄마와 정수, 석훈이를 보느라 할 생각도 하지 않았다.

"지율아, 너는 안 해? 너도 별……해 봐!"

정수가 아주 얌전하게 말했다. 지율인 어안이 벙벙해 바라만 봤다. 정수는 별 모양 달고나를 지율이 앞에 밀었다.

"정수라고 했지? 아주 친절하구나. 우리 지율이한테 이런 좋은 친구가 있으니 정말 반가운 일이구나."

정수는 양심의 가책을 느껴 얼굴이 발개진 걸까?

석훈이가 드디어 작은 소리로 말했다.

"오 마이 갓! 아야!"

식탁 밑에서 정수가 석훈이 정강이를 걷어찼다. 이런 모습이 지율인 은근히 재밌어졌다. 석훈인 그 쉬운 세모 모양도 실패했다. 누구랄 것도 없이 약속이나 한 듯 함성을 지르며 웃어댔다. 정수와 지율이가 마주보고 한참 웃다니 믿겨지지 않은 광경이었다.

"안녕히 계세요."

"또 오렴."

"네? 또 와도 되나요?"

"그럼 되고말고. 조심히 가고! 근데 잠깐만."

"예?"

뒤돌던 정수와 석훈이 엄마 말에 다시 돌아보았다.

"인사하고 가야지. 우리 또 만날 거잖아. '안녕히 계세요, 또

올게요.'라고 해야지."

정수와 석훈인 코가 바닥에 닿을 만큼 깊이 인사했다. 새삼 정수가 저런 아이였을까 싶을 만큼 의외였다.

다음 날 학교에 갔을 때였다. 정수가 지율이 반에 와서 기다리고 있었다. 지율이를 보자마자 불쑥 뭔가를 내밀었다.

"자! 받아."

지율인 받을 생각은커녕 뒤로 물러났다. 정수는 다시 다가왔다.

"가지라고."

"내가 왜? 난 너한테 해 줄게 없어."

"그냥 주는 거야. 이거 안 쓴 새것이라고."

지율인 불안했다. 정수가 왜 이러는지, 진심으로 그러는 건지 믿기지 않았다. 언제 갑자기 돌변할까 싶었다.

"나를 놀리는 거면 이제 그만 해. 나는 이제 네게 지지 않을 거야. 네 것이라고 누구나 다 부러워하지는 않아. 나는 지금 부러운 게 하나도 없어."

"너는 지금 무슨 말을 하는 거야? 그래서 내 사과 안 받아 줄 거야?"

"무슨 사과?"

"먹는 사과 말고, 미안한 것에 사과."

"그럼, 미안하다고 해야지. 물건을 줘?"

정수는 지율이가 또박또박 따지듯 말하는데도 이상하게 화내지 않았다. '설마 하니 끝까지 참을 아이는 아냐.'라는 생각은 지울 수 없었다. 그 사이를 놓치지 않고 정수가 말했다.

"나, 너희 집에 또 놀러 가게 해 줘."

"뭐? 언제는 내 허락받고 놀러 왔어? 참, 너 아토피 괜찮았어?"

정수의 얼굴이 빨갛게 달아올랐다. 지율인 순간 움찔했다.

"미안해. 못되게 굴어서. 다른 애들은 내가 가지고 온 걸 다 부러워하는데 너는 한 번도 쳐다보지 않아서 그냥 화가 났었어."

지율이가 보기 싫어서 안 본 게 아닌데, 정수는 정반대로 오해했던 것이다. 하지만 지율인 정수에게 궁금하고 부러웠다 말하지 못했다.

"너희 집에서 먹었던 컵라면 있잖아. 솔직히 너무너무 맛있었어. 아토피만 아니면 또 먹고 싶어."

"그때 너 구역질 했잖아."

"그……건, 맛있다고 하면 네가 날 깔볼까 봐 그랬지. 그때 그냥 버린 국물이 얼마나 아까웠는지 몰라. 우리 집에서 사발면 먹는 건 상상도 못하거든."

이제껏 허락 없이 왔으면서 뜬금없이 솔직해진 걸까? 그리고 더 뜻밖의 말을 했다.

"그동안 미안해. 이제 안 그럴게."

"너 왜 그래?"

"뭐냐? 몇 번을 사과하고 있잖아. 나 무안하게 할래?"

"오 마이 갓! 이거 레알?"

정수는 석훈이를 잡아당기면서 소리쳤다.

"이 간신 같은 놈, 은근슬쩍 넘어가려고 하지 마. 죽지 않으려면 너도 사과해, 인마!"

"어, 어! 우리는 베프잖아. 근데 무슨 사과를? 그래, 어쨌든 미안해. 나도 미안해. 나도 놀러 가게 해 줘."

지율인 쉽게 마음을 풀 수 없었다. 정수와 석훈이 말에 믿음
이 가지 않았다.

"우리 엄마는 너희 엄마처럼 간식을 만들어 준 적이 없어. 뭐
든 사다 줬지. 너희 엄마가 달고나 해 주는데 내 눈에서 별이
뿅뿅 나왔어."

"우리 엄마는 달고나 말고도 오므라이스도 잘하지, 꼬치 어
묵은 얼마나 잘하게? 참, 호떡도 잘 굽는다고."

신바람을 탄 지율인 훨훨 날아올랐다.

"호떡? 그거 어떤 맛이야?"

"이것 봐. 너 또 날 놀리고 있잖아."

"아냐, 엄마한테 사 달라고 했는데 옷 버린다고 안 사 줬어.
유기농 파이 먹으라고 하고."

"너희 엄마와 아빠는 원하는 건 다 사 준다며?"

세상에! 호떡을 못 먹어 보았다니 할 말이 없었다. 정수가 큰
한숨을 내쉬며 말했다.

"아니, 내가 원하는 게 아니고, 엄마와 아빠가 원한 거였지."

"너 울어? 너 울기도 해?"

"야, 감동 파괴……. 내가 로봇이냐? 우쒸."

"그래, 그래. 울지 마. 다음에 울 엄마한테 호떡 만들어 달라고 할게."

"앗~~~싸!"

"오 마이 갓! 나도 갈게. 난 지율이 베프!"

"뭐냐? 넌……. 안물안궁."

"우리 베프 지율! 오 마이 갓, 나를 제발 버리지 마."

어느 새, 지율이와 정수가 정말 친한 친구 같았다. 웃었다가 굳었다가 어색했다. 그리고 석훈이의 '오 마이 갓!'이란 감탄사가 줄어들었다.

"너네 둘, 왜 나 빼놓고 친해졌어?"

정수가 그 순간을 놓지 않고 말했다.

"오~ 마이~ 갓!"

지율인 자기도 모르게 정수를 따라 했다.

"오~ 큭. 마이 갓!"

울상이 된 건 석훈이, 어느새 지율이와 정수는 입을 맞춰 '오 마이 갓!' 하며 해맑게 웃고 있었다.

　얼었던 지율이 마음이 조금씩 녹기 시작했다. 엄마가 돌아왔다는 사실도 기적이지만, 정수와 친구가 된 것도 뜻밖의 일이었다. 정수는 뭐든 다 가진 아이라고 생각했다. 하지만 알고 보니 아주 외로운 아이였다. 산타클로스는 정말 있었고, 한 번도 지율이를 떠나지 않았다는 걸 이제 확인했다.

　"난 학교 끝나고 학원 6개 돌고 가도 엄마랑 아빠가 없을 때가 많아. 맨날 일 때문에 늦어서……. 사 달라는 거는 다 사 주는데 그런 건 하루면 싫증 나. 너는 엄마가 달고나도 해 주고 신기하더라. 내일도 엄마는 열흘간 해외 출장을 간다고 그랬어."

　"나도 엄마가 집으로 돌아온 지 얼마 안 됐어."

　"진짜?"

　"정수야, 산타클로스가 와 주길 기도해 봐."

　"산타클로스?"

　"응, 산타클로스한테 네 소원을 말해 봐."

　"산타클로스가 정말 있어?"

"그럼, 있지."

"응, 우리 엄마가 많이 아팠어. 지금은 점점 나아지고 있다. 산타클로스가 엄마를 데려다 줬거든."

"아, 그래서 휠체어를 타고 계셨구나."

"정수야, 오늘 엄마가 호떡 만들어 준댔어. 같이 갈래?"

"같이 가겠냐고? 당~~~근이지."

"오 마이 갓! 나도, 나도."

지율이와 정수는 눈을 찡끗하더니 쏜살같이 뛰었다. 석훈인 안달 나 쫓아 뛰었다.

"아이, 치사해. 같이 가자고! 어이 나의 베프! 같이 가. 오 마이 갓!"

세 가지 웃음소리가 함께 달려가고 있었다. 지율이 발걸음이 점점 높이 뛰어오르고 있었다. 순록이 힘차게 끄는 썰매를 타고 산타가 하늘을 날고 있었다.